狼兄弟

圣山狼迹

（英）米雪儿·佩弗 著

张君玫 译

中国和平出版社

图书在版编目（CIP）数据

圣山狼迹 /（英）佩弗著；张君玫译. -- 北京 : 中国和平出版社, 2012.6
（狼兄弟系列）
ISBN 978-7-5137-0329-1

Ⅰ.①圣… Ⅱ.①佩…②张… Ⅲ.①儿童文学－长篇小说－英国－现代 Ⅳ.①I561.84

中国版本图书馆CIP数据核字（2012）第094857号

CHRONICLES OF ANCIENT DARKNESS BOOK 1:WOLF BROTHER
AUTHOR:MICHELLE PAVER
Copyright:©2004 TEXT BY MICHELLE PAVER,ILLUSTRATIONS BY GEOFF TAYLOR
This edition arranged with ORION CHILDREN'S BOOKS LTD
through BIG APPLE AGENCY, INC., LABUAN, MALAYSIA.
Simplified Chinese edition copyright:
2012 China Peace Publishing House Co., Ltd
All rights reserved.

中国版权登记号：图字：01-2012-0504

圣山狼迹

（英）米雪儿·佩弗 著　　张君玫 译

出 版 人：肖　斌
责任编辑：杨　隽　杨　光　张春杰
美术编辑：杨　隽
责任印务：宋小仓　曲利华

出版发行 **中国和平出版社**
社　　　址：北京市海淀区花园路甲13号院7号楼10层（100088）
发 行 部：（010）82093738 82093737（传真）
网　　　址：www.hpbook.com
投稿邮箱：hpbook@hpbook.com
经　　　销：新华书店
印　　　刷：北京中印联印务有限公司
开　　　本：690毫米×960毫米　1/16
印　　　张：15
字　　　数：112千字
版　　　次：2012年7月第1版　2012年7月北京第1次印刷

ISBN 978-7-5137-0329-1　　　　　　　　　　　定价：29.80元

致中国读者

亲爱的中国读者们：

首先，我想热切欢迎你们进入到我的世界！

从十岁开始，我就非常向往石器时代的生活：拿着弓箭去打猎，披着鹿的毛皮取暖，用树枝搭建营帐。而我最想拥有的，是一只狼。

《狼兄弟》实现了我的所有愿望。这个故事是有关石器时代的野狼和无边森林，以及深懂狩猎之道的勇敢人民。在此，我身上披着鹿皮，嘴里咬着鹿肉，夜里听见野猪和野狼的嚎叫，并和一只熊进行胆战心惊的对峙。

我深信当你阅读这本书的时候，你将宛如身临其境，与托瑞克和小狼同在那远古的年代。所以，我亲爱的读者，尽情享受这一趟冒险之旅吧！

第一节

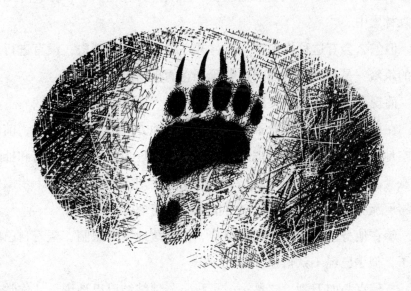

　　托瑞克从梦中惊醒，这才知道原来自己不小心睡着了。

　　营火已经变得很小。他蜷缩在脆弱的光影中，往森林幽暗的深处望去。什么都看不到，什么都听不到。它又回来了吗？它是不是正隐身在某个角落，以它那双火红而凶残的眼睛在监视他的一举一动？

　　他感觉又饿又冷。他知道自己极需食物，而且手臂很痛，眼睛很酸，但他几乎已经没有感觉。整个晚上他都守着云杉树枝搭成的营帐，如今已成废墟，并且眼睁睁地看着父亲的血一滴一滴地流干。这一切该从何说起呢？

　　还只是昨天，昨天他们还在湛蓝的秋夜里扎营。托瑞克讲了个笑话，父亲笑开了怀。然后，森林在一瞬间爆炸。乌鸦齐声哀鸣，松树嗖嗖作响，从幽暗的树林里赫然出现一道更加深不见底的黑暗——一只被邪灵附身的熊。

　　死神骤然降临。一阵狂暴的熊爪猛烈攻击，夹杂着震耳欲聋的嘶吼。转眼间那只野兽已经砸烂了他们的营帐。迅雷不及掩耳，父亲的身体已经被抓出了一大道的撕裂伤。然后野兽就消失了，像一阵烟没入森林之中。

　　但怎么会有这种熊追踪人类，并在攻击后立刻消失，没有进行后续的杀戮？是什么样的熊会这般玩弄它的猎物？

　　而现在，这只恶熊又到哪里去了？

　　在夜色中，托瑞克看不到营火以外的地方。不用看也知道，前面的空地同样是一片饱经肆虐的惨状，散落着许多被拔断的幼苗和扯烂的蕨类。他闻到了松树的血，以及受伤的土地。他听见了三十步以外潺潺河流悲伤的低诉。那只熊可能会在任何地方。

　　躺在他身边的父亲正痛苦呻吟。他缓缓地睁开眼睛，望着自己的儿子，似乎已经不认得他。

　　托瑞克心如刀割。"是……是我，"他结结巴巴地说，"你觉得怎么样？"

　　父亲削瘦的棕色脸庞露出痛楚的表情，两颊灰色的线条鲜明地标示着他的氏族刺青。汗珠浸湿了他黝黑的长发。

父亲的伤口很深，当托瑞克笨手笨脚地用苔衣帮父亲止血时，甚至看到他的内脏在营火中发出反光。他必须咬紧牙关免得吐出来。但愿爸爸没有注意到，但他怎么可能没有注意到？爸爸是一个猎人啊！他一向是观察入微的。

"托瑞克……"他喘着气呼唤儿子，并伸出手。他的手指紧紧抓住托瑞克，就像一个无助的孩子。托瑞克不禁茫然。通常应该是儿子紧抓着父亲的手啊！而不是父亲紧抓着儿子。

他鼓起勇气面对现实：现在自己必须做一个大人了，不再是一个孩子。"我还有一些蓍草叶，"他说着用另一只手摸索着装药草的小包，"或许可以止住——"

"留着，你也在流血。"

"我不痛！"托瑞克说谎。那只熊把他整个人扔到一棵桦树上，导致他的胸部瘀伤，左手臂也有一道又深又长的伤口。

"托瑞克，你快走，在它回来之前，快逃！"

托瑞克盯着他，目瞪口呆却说不出话来。

"你一定要走，"父亲说。

"不，不要，我不能。"

"托瑞克，我要死了。太阳出来之前我就会死了。"

托瑞克紧握他的药草包，只觉得整个脑袋轰轰作响。"爸！"

"给我……踏上死亡之旅所需要的。然后，你就快离开这里。"

"死亡之旅，啊，不，不要。"

但父亲此刻的神情非常严峻。"我的弓，"他说，"和三把箭，剩下的你拿去。这些够用了，我要去的地方狩猎很简单。"

托瑞克的鹿皮裤套上有一条裂痕，他的指甲用力掐进自己的肉，他试图把心思放在这种实实在在的痛楚之上。

"食物，"父亲气若游丝地勉强说道，"肉干，你全都带着。"

托瑞克的膝盖被自己掐出血了，他还是没有松手，因为他不敢去想象父亲走上死亡之途的情景。他不敢去想象自己孤身一人在森林里逃命的情景。他还只是个十二岁的小男孩。他自己要怎么活下去呢？他真的不知道。

"托瑞克！动作快点！"

托瑞克慌乱地拼命眨眼睛，伸手把父亲的武器放到旁边。他开始照父亲的指示去分配弓箭，弓箭锋利的尖端刺痛了他的手指。然后他背起他的箭袋和弓，并伸手在废墟中摸索他那把玄武岩打造的斧头。他的榛木背包早已在攻击事件中被砸得粉碎，他必须把所有的东西都塞进短大衣里，或是绑在腰带上。

他伸手去拿他的鹿皮睡袋。

"用我的吧，"父亲喃喃说道，"你的一直没修好。还有——交换刀子。"

托瑞克一听这话吓呆了："我不可以拿你的刀！你要用！"

"你比我更需要。而且在我踏上死亡之旅时可以拿着属于你的刀子，这样很好。"

"爸爸，求求你……"

这时候从树林里传来树枝颤动的声音。

托瑞克急忙转身。

眼前的黑暗是坚不可摧的。他所看到的一切仿佛都变成了那只恶熊的阴影。

没有风。

没有鸟鸣。

只有树枝颤动和心脏跳动的声音。整座森林都在屏息以待。

父亲舔了一下唇边的汗水。"它还没来，"他说，"但快了。它很快就会来找我了……快，刀子。"

托瑞克并不想和父亲交换刀子，因为那表示一切无可挽回。但父亲严峻的眼神令他不敢违抗。

托瑞克咬紧牙关到发疼的地步，他拿出自己的刀子，放到父亲手

8

里。然后他解开父亲腰带上的鹿皮护套。爸爸的刀很漂亮，有着一种致命的锐利，刀身是蓝色斜纹的石板，磨成柳叶的形状，刀柄是红色的鹿茸，并用细条的鹿皮缠住，以便握拿。当托瑞克低头望着这把刀，这才忽然警觉自己马上就要变成无依无靠的孤儿。"我不要离开你，"他哭喊着，"我跟它拼了，我——"

"不可以！没有人打得过这只熊！"

成群的乌鸦飞过树梢。

托瑞克几乎忘了呼吸。

"听我的话，"父亲轻声喝道，"一只熊，任何一只熊，都是森林里最强壮的猎人，这是你早就知道的。但这只熊还要强壮上**好几倍**。"

托瑞克感觉自己手臂上的汗毛直立。低头望着父亲的眼睛，他看到血丝密布，中心点则是深不可测的幽暗。"什么意思？"他喃喃说，"什么？"

"它被附身了。"父亲的脸霎时间变得阴森森。他忽然觉得不喜欢这样的爸爸。"有来自异世界的魔鬼占据了它的身体，让它变成了邪灵。"

柴火啪了一声。幽暗的树林也靠过来倾听。

"一个魔鬼？"托瑞克说。

父亲闭上双眼，凝聚仅存的力气。"它活着只是为了杀戮，"过了好一会儿他才终于说道，"每杀一次，它的力量就会增长。它将会残杀所有的生灵。猎物、族人，大家都会死。森林也会死……"他说到这里忽然停顿，"在一个月之内——一切都将太迟。厉鬼力量太强。"

"一个月？为什么？"

"用用你的脑子！托瑞克！当红眼升到夜空的最高点，那就是厉鬼力量最强的时候。你知道的。到时候，那只熊将会所向无敌。"他挣扎着吸了一口气。在营火的微光照映下，托瑞克看着父亲头部的脉搏在跳动，如此微弱，就好像随时会停歇。"我要你发誓一件事……"爸爸说。

"你说什么我都答应。"

爸爸吞了一下口水。"朝北方走。很多天的路程。一定要找到那座'世界灵'栖息的圣山。"

托瑞克不可置信地盯着他："什么？"

父亲张大眼睛，并望向头顶上的树枝，仿佛看到了没有人可以看到的景象，"找到它，"他又说了一遍，"这是唯一的希望。"

"可是没有人找到过。没有人可以找到。"

"你可以。"

"你的守护者将会找到你。"

托瑞克困惑不已，父亲从来不会说这种话。他是一个很实际的人，一个猎人。"你说什么？我一句也听不懂！"他哭喊道，"什么守护者？为什么我要找到那座圣山？是不是我到那边就安全了？是不是这样熊就不会来了？"

父亲凝视的目光缓缓从飘渺的天空移回到儿子的脸上，仿佛正在思量托瑞克究竟可以承受多少。"啊，你太年轻了。"他说，"我原本以为将来会有时间慢慢告诉你，所以一直没说。不要……不要因此恨我。"

托瑞克惊恐地盯着父亲。然后，他猛然跳起身来，"我一个人办不到。是不是应该要找——"

"不可以！"父亲似乎吓到了，声音一下子充满了力量，"从小我就刻意让你远离人群，即便是我们自己的狼族部落。远离人类！万一他们发现，你可以做的事……"

"你在说什么？我不懂。"

"没有时间了，"父亲打断了他，"你快发誓，对着我的刀。发誓你一定会找到圣山，就算找不到，也要至死方休。"

托瑞克紧咬着自己的嘴唇。此时，一道灰色的光从树林东方亮起。"啊，不要"，他恐慌地想着，"不要，求求你。"

"快发誓！"父亲轻声喝道。

托瑞克跪下来拿起那把刀。很重，毕竟是大人用的刀，他拿着很吃力。他笨手笨脚地举起刀子碰触手臂上的伤口，然后把刀放到肩膀处的狼毛上面，那是一块缝进短大衣的狼毛披肩，因为狼是他们氏族的图腾。他用颤抖的声音说出誓言："以我留在这把刀上的血，以我所有的三个灵魂，我发誓，我将找到'世界灵'圣山。就算找不到，也要至死方休。"

父亲略感放心地吐出一口气。"很好。很好。现在帮我画上死亡印记吧。快点儿，那只熊……不远了。"

托瑞克尝到自己泪水的咸味，他生气地把泪水抹去。"我没有红土了。"他喃喃地说。

"拿我的。"

在泪眼朦胧中，托瑞克摸到一个小小的鹿角做成的药罐，那是母亲的遗物。泪水模糊了他的视线，他用力拉出黑色的橡木塞，倒出一些红土在手掌上。

忽然间他停止了动作。"我不能。"

"你能，为了我。"

托瑞克吐出了点口水在手掌上，调成了一坨黏稠的红土，那是大地暗红色的血液，然后他必须在父亲的皮肤上画一些小圈圈，这样，可以帮助辞世的灵魂们认出彼此，以便在来世再重聚。

首先，他尽可能温柔地脱下父亲脚上那双海狸皮做的靴子，在两边的脚踝画上一个小圈圈，以便标示名字的灵魂。然后他在父亲的心脏上方画了一个小圈圈，以便标示氏族的灵魂。这并不容易，因为父亲的胸膛上有一块旧伤疤，结果托瑞克只画出了一个不怎么对称的椭圆形。他希望这样就可以了。

最后，他画了一个最重要的圆圈：在额头上，以便标示"纳路亚克"，也就是世界灵魂。等他终于完成了这些工作，早已是满脸泪痕。

"这样好多了。"父亲喃喃说道。但托瑞克反而更加惊恐，因为他看到了父亲颈部的脉搏变得愈来愈微弱了。

"你不能死！"托瑞克不禁脱口惊呼。

父亲凝望着他，眼神里充满了痛苦与渴望。

"爸爸，我不要离开你，我——"

"托瑞克，你发过誓的！"他再度闭上双眼，"现在，你把药罐拿着，我不需要了。先把你的东西带着，到河边拿点水给我。然后就走吧。"

我不能哭。托瑞克一边这样告诉自己，一边卷起父亲的睡袋，绑在自己的背上；把斧头塞到皮带里；把药罐放进上衣。

他站起身来想去拿皮革制的水袋，却发现早已被撕成碎片。看来只好找一片宽边树叶来装水了。正当他转身要走时，父亲喃喃叫了他的名字。

托瑞克转身。"我在这里，爸爸！"

"记住。在打猎的时候，要注意你的背后。我总是这样叮咛你。"他勉强挤出一丝笑容，"你却总是忘记。要注意你的背后。懂了吗？"

托瑞克点点头，他也勉强挤出一丝笑容。然后，他就跌跌撞撞穿过潮湿的蕨丛往河边去取水。

天色逐渐亮起，空气里散发着新鲜的甜味。他四周的树木都在淌血，惨遭恶熊蹂躏的断枝溢出金黄色的松树血液。有些树灵正在黎明的微风中轻吟。

托瑞克一路跑到河边，只见蕨丛上方飘浮着雾气，柳树细长的叶子末梢垂悬，触及冰冷的河水。他迅速张望四周，赶快扯了一片野生阔叶就往前跑，他的靴子顿时陷入了红色的湿泥里。

他忽然定住了。

在他的右靴旁边，赫然留有熊的脚印。那是一个前脚脚印，很大，约莫是他头的两倍大。而且还蛮新的，托瑞克依稀可看到那又尖

又长的熊爪刺入湿泥的痕迹。

注意你的背后，托瑞克。

他环顾四周。

柳树，赤杨，冷杉。

没有熊。

忽然飞来一只乌鸦停在附近的树枝上，吓了托瑞克一大跳。乌鸦收起黑油油的翅膀，用珠子般的双眼盯着托瑞克，随即扭了一下头。然后，呱一声飞走了。

托瑞克朝乌鸦指示的方向看过去。

黑色的紫杉。滴水的云杉。紧张。深不可测。

但在树林内部的深处，不到十步的距离，树枝在骚动。那边有某个生物，而且显然非常巨大。

他努力不泄露出自己恐慌的思绪，但脑子里已经被吓到一片空白。

熊最可怕的地方在于，他的父亲总是说，**它走路几乎没有声音，就像空气一般寂静，它可以在十步以外的距离看着你，你却一无所知。面对一只熊，我们没有任何防御的能力，跑也跑不过它，爬也爬不过它，你不可能独立对抗它，唯一的求生之道就是顺着它的方式，想办法说服它。你既不会对它构成威胁，也不是它的猎物。**

托瑞克强迫自己站着不动。不要跑。不要跑。或许它并未发现自己在这里。

后来一阵低声的嘶吼。树干再度发出嗖嗖声。

他听到树叶发出摩擦的声音，那只恶熊正悄悄往营帐走去：往父亲走去。他定住不动，屏息等待恶熊走过去。懦夫！他在脑子里痛骂自己。你竟然连自己的爸爸都不救，就这样让他走过去！

但你又能如何呢？他脑子里另一个比较务实的声音说。爸爸早就知道了，所以才叫你来拿水的。他早就知道熊要来找他了……

"托瑞克！"这时传来了父亲凄厉的叫声："快跑！"

树上的乌鸦群起飞逃，一阵狂吼撼动整座森林，未曾间断，直到托瑞克的头简直快要裂开了。

"爸爸！"托瑞克尖叫。

"快跑！"

吼声再度撼动森林。父亲再度惨叫。然后，突然静下来了。

托瑞克用拳头塞住自己的嘴，以免叫出声音。

透过眼前的树影，他瞥见一个巨大的幽暗阴影蠢立在营帐的废墟上。

他转身拔腿就跑。

第二节

托瑞克冲过赤杨树丛，双脚陷入泥沼，举步维艰地往前逃。他行经的桦树发出低语，他悄悄请求它们不要将他的行踪泄露，让那只熊知道。

他手臂上的裂伤像火在烧，胸部的瘀伤随着每一次呼吸疼痛欲裂。但他不敢停下脚步，森林里到处都是眼睛。他仿佛看到那只熊追了过来，他继续奔逃。

他惊扰了一只正在搜寻山胡桃的小野猪，赶快咕哝一句抱歉，免得遭受攻击。野猪很不高兴地哼了一声，就放他过去了。

一只狼獾咆哮了一声，叫他滚开，他随即也装出凶狠的样子咆哮回去，因为狼獾只吃威胁这一套。狼獾看他好像是玩真的，就赶紧躲到旁边的树上。

往东方望去，天空像狼毛般灰蒙蒙的。雷声轰隆响起。在暴风雨的闪电照耀下，树木绿得发亮。山区降下大暴雨了，托瑞克麻木地想，必须提防突发的洪水。

托瑞克努力强迫自己去想这些，借此转移恐惧的念头。然而并未奏效，他继续奔逃。

跑到后来，他实在太累了，必须停下来喘口气。他整个人倚靠在一棵橡树上。当他抬起头望着上方移动的绿叶，发现树正偷偷地诉说秘密，不让他听见。

有生以来第一次他陷入全然的孤独。他不再觉得自己是森林的一部分。仿佛他的世界灵魂和所有其他生灵之间的联系突然被切断了。树和鸟，猎人和猎物，河流和岩石，整个世界里没有任何生灵知道他的感受，也没有任何生灵想知道。

手臂上的伤痛打断了他的思绪。他从药包里摸出最后一块桦树皮，简单地把伤口包住。然后努力撑起自己靠在树干上的身体，仔细环顾周遭的环境。

他是在森林这个角落长大的。每一道斜坡，每一块林间空地，都非常眼熟。在山谷的西边是一条名叫红水的小河，浅浅的水，无法划独木舟，但春天很适合捕鱼，会有很多鲑鱼从大海游来这里；往东边望去，则是幽暗的森林尽头，一大片阳光照耀的青绿树林，在秋天会养出肥美的猎物，还有取之不尽的莓子和果子；南边则是湿地，冬天会有成群的驯鹿在那边吃浅水里的青草。

爸爸说过森林这个角落最大的优点就是人烟罕至。偶尔会有柳族的人从西边出海回来，或是蛇族的人从南方过来，但都不会久留，只是路过，并像森林里的所有猎人一样自由狩猎。他们从来没有察觉到托瑞克和爸爸也在这里狩猎。

托瑞克从来没有质疑过这样的生活。从小他就是这样过日子：远离其他族人，和爸爸两个人相依为命。尽管如此，现在，他开始渴望人群。他想要大声呼喊，对外求援。

但爸爸告诫他一定要远离他们。

更何况，大声呼喊恐怕只会引来那只恶熊。

那只熊。

恐慌的情绪几乎已经顶到喉咙，又硬生生被吞了回去。他深呼吸一口气，继续往前跑，这次稳当多了，直接往北方跑去。他一边跑着，一边留心猎物走过的痕迹。麋鹿的脚印、野牛的排泄物、一匹野马从蕨丛经过的声音。那只熊并没有把它们吓跑，至少，目前还没有。

难道父亲判断有误？难道他的睿智终究出错了？

五年前，当托瑞克跟着爸爸一起旅行到海岸参加年度氏族大会时，那些小孩一直取笑托瑞克："你爸是疯子！"那是托瑞克第一次参加氏族大会，简直就是灾难。在那之后，爸爸再也没有带他去了。

"有人说他吞了鬼的气，"小孩子嘲笑他，"所以他才会远离自己的族人，跑去躲起来啊。"

托瑞克简直气炸了，要不是父亲赶紧过来把他拖走，他恐怕早就大打出手了。"托瑞克，不要理他们，"爸爸只是笑笑，"他们根本不知道自己在说什么。"

17

他一直都是对的，当然。

但关于熊的这件事情呢？

再往前走，树林忽然变得开阔了，托瑞克踏入了阳光之中，迎面却有一股腐臭的气味。

他踉跄地赶紧停下脚步。

遍地都是死去的野马，显然被巨熊当成玩具一样凌虐过。没有任何食腐肉的动物敢吃它们。连苍蝇都不敢靠近。

托瑞克以前也见过熊猎食过后的场景，但绝对不像这些野马横死的惨状。正常的熊在猎杀之后，会把猎物的皮剥开，先取用内脏和后腿的部分，然后把其他的部分藏起来，以便稍后取用。像所有的猎食动物一样，任何部位都不会浪费。但这只熊却只咬了每匹野马一口。换言之，它不是因为饥饿而猎食，杀戮对它来说，只是一个游戏。

在托瑞克的脚边是一匹惨死的幼马，它小小的蹄还沾着河边的淤泥，显然是它最后饮水时留下的痕迹。他觉得很想吐。是怎样的生灵会把整群野马杀光？是怎样的生灵会为了好玩而杀戮？

他想起那只熊的眼神，只消看一眼就毛骨悚然。他从未见过如此恐怖的眼神：空洞无比，唯有无尽的愤怒和对一切生灵的痛恨，并翻腾着一股来自异世界的炙热和混乱。

父亲当然是对的。那不是熊的本性，那是一个魔鬼。它的杀戮之旅才刚刚开始，它会一直残害下去，直到整座森林灭绝。

没有人打得过这只熊，父亲临死前对他说。难道这座森林真的注定要灭亡吗？为什么自己必须找到那座"世界灵"圣山呢？那座从来没有人亲眼见过的山？

父亲的声音在脑中盘旋。**你的守护者将会找到你**。

要怎么找到我？是什么时候？

托瑞克退出那块林间空地，回到树荫底下，然后转头拔腿就跑。

他似乎要永远跑下去。他一直跑，一直跑到完全感觉不到双脚的存在。但他后来不得不停下来，因为眼前是一道长满了树木的长斜坡，他弯下腰来，胸口起伏不定。

忽然之间他觉得快饿昏了，伸手在食物袋里摸索，却发出失望的哀嚎。空无一物。他这才想起了那些鹿肉干，竟然忘在营帐里。

托瑞克，你这个笨蛋！第一天就把事情搞砸了！而且你现在是孤身一人。

这怎么可能？爸爸真的走了吗？永远不再回来了吗？

突然之间，他听到从山丘另一边传来微弱的喵喵声。

又听到了，是一只幼仔在叫妈妈。

好振奋。啊，感谢神灵！容易得手的猎物。一想到马上就有新鲜的肉可以吃，他的肚子开始紧绷起来。他不在乎那是什么动物。他饿极了，就算是蝙蝠也敢吃。

托瑞克整个人趴在地上，悄悄地匍匐前进，他通过一片桦树林，来到山丘的另一边。

他俯视底下的小峡谷，有一条细长而湍急的小溪。他认得，那是急水。如果再往西一点，就是他和爸爸经常在夏天扎营的地方，他们采集柳橙的树皮，以便编织绳索。但现在这里看起来好像有点陌生。很快他就发现了景象改变的原因。

就在不久前，山上洪水暴发，沿着峡谷冲刷而下。洪水退去之后，散落一地被连根拔起的幼苗。洪水也冲毁了峡谷对面的一个狼窝，在一块很像沉睡野牛的红色石头旁边，躺着两只溺死的小狼，很像是两件浸过水的毛皮大衣；另外三只死去的小狼浮在水坑里。

还有一只在水坑边颤抖。

那只小狼看起来约莫三个月大，又瘦又湿，不断发出哀怨的低嚎。

托瑞克畏缩了。小狼的哀嚎突如其来地在他脑海里唤起一幅令人惊异的情景。黑色的狼毛、温暖幽暗的洞穴、营养丰富的奶水、母狼慈爱地舔拭他、小爪子轻轻抓着、冰凉的小鼻头推挤着。其他的小狼纷纷爬到他身上，因为，他是狼窝里最新来的幼仔。

这样的情景有如闪电般鲜明。这是什么意思？

他的手早已紧握住父亲的刀。管它是什么意思，他告诉自己。如果你不吃了那只小狼，就没有力气去狩猎。而且在极度饥饿的情况下，猎食图腾动物是被允许的。你知道的。

小狼抬起头，发出困惑的号哭。

托瑞克听到了——**而且听懂了。**

以一种不可思议的方式，他听懂了小狼高亢和颤抖的呼喊。他的心认得这些声音所代表的意思。他记得这一切。

这怎么可能？他心想。

他听着小狼的号哭，一声一声撞击在他的心头。

你为什么不跟我玩？小狼在问他死去的手足，**是不是我不乖？**

他不断反复诉说。托瑞克听着听着，内心的某一部分逐渐苏醒。他头部的肌肉开始僵硬，喉咙里有一种奇特的反应。他有一种很强烈的冲动，想要昂起头来发出狼嗥。

这是怎么回事？他觉得自己不再是托瑞克了。不再是男孩，不再是儿子，不再是狼族的一份子，或者说，不再只是这些。他有一部分根本就是一只狼。

吹来一阵微风，让他的皮肤感到寒冷。在此同时，那只小狼停止号哭，转过头来面对他。小狼的眼神有点涣散，但竖起了耳朵，并嗅着空气中的味道。小狼已经闻到了托瑞克的气息。

托瑞克俯视这只焦虑的小狼，决定要硬起心肠。

他把腰间的刀子抽出来，开始沿斜坡走下去。

第三节

小狼完全不了解即将发生的事。那山洪冲过来的时候，他一直在狼窝上方的高地探索地势。现在，妈妈、爸爸和他的兄弟姐妹都躺在泥浆中——而且大家都不理他。

早在天亮之前，他就一直在这边用鼻子碰触它们，咬它们的尾巴。但它们还是不发一语、动也不动，而且它们的味道有点奇怪，闻起来像猎物。不是逃跑的那种猎物，而是没有呼吸的那一种，被吃的那一种。

小狼又冷又湿又饿。好几次他去舔母亲的口鼻，请它咀嚼一些食物给他吃，但它都没有动静。他真不知道自己这次做错了什么？

他知道自己是兄弟姐妹里面最顽皮的一个。他总免不了被责骂，但他自己也克制不住。他就是喜欢尝试新的东西。所以，现在这样实在太不公平了，他明明已经乖乖待在窝里没有乱跑，为什么大家还是都不理他？

他走到他兄弟死去的水池边，拍起一些湿湿的东西，真是够难吃的。

他吃了一些草和两只蜘蛛。

他不知道接下来要怎么办。

他开始感到害怕。他把头往后仰，高声发出狼嗥。嗥叫让他觉得痛快许多，因为这让他想起和同伴一起嗥叫的快乐时光。

嗥叫到一半，他忽然停住了。他闻到了狼的气息。

他身体转了一圈，因为饥饿而有点摇晃。他转动耳朵听，并嗅着气味。没错，是狼！他可以听到他从潮湿坡地的对面走下来的声音。他闻得出来，那应该是一只雄狼，尚未成年，而且和他并不是同一个狼群的。

但这其中有些不寻常。他闻起来像是狼，又不像是狼，夹杂着一些驯鹿、红鹿、海狸、鲜血……还有一种他尚未学到的味道。

真的很奇怪。除非——除非这只有点不像狼的狼吃了很多不同种类的猎物，而且带回了一些要分给其他的小狼吃！

小狼兴奋地全身发抖，心中充满期待，摇着尾巴，发出表示欢迎的短促叫声。有一会儿，那只奇怪的狼停住了脚步，然后又继续前进。小狼并不是看得很清楚，因为他的视力远远不及嗅觉来得灵敏，不过，当他快步跨过山洪，溅起水花的同时，他也发现那是一只很奇怪的狼。

这只狼是用后脚走路，头上方的毛是黑色的，而且很长，都碰到肩膀了。最最奇怪的是**他没有尾巴**！

但他听起来是一只狼没错啊。他正发出一阵阵短促的友善叫声，有点像是在说没关系，我是朋友。这让他稍感放心，尽管对方一直漏掉了最高音的叫声。

但事情有点不对劲。在表面的友善底下隐约透露着紧张的信号，就好像这只陌生的狼明明面露微笑，小狼却还是看得出那并非出自真心。

小狼的欢迎之声变成哀叹。**你是要猎杀我吗？为什么？**

不是，不是。那友善但又不怎么友善的叫声说道。

接着那只陌生的狼不再发出叫声，只是沉默地步步逼近。

小狼太虚弱了，根本没有逃跑的力气，只能往后退几步。

那只陌生的狼往前扑，捉住了小狼的脖子，将他高高举起。

在极度虚弱的情况下，小狼只有摇动尾巴来试图防卫。

那只陌生的狼伸出他另一只巨大的前爪，用力压住小狼的肚子。

小狼惊呼，吓得龇牙咧嘴，双脚夹着尾巴。

但那只陌生的狼也很害怕，前爪不断颤抖，而且不断喘气，露出牙齿。小狼感受到对方的孤寂、犹豫和痛苦。

突然间，那只陌生的狼喘了一口气，放开小狼的肚子，然后重重地跌坐在泥地里，顺势把小狼抱在胸前。

小狼的恐惧消失了。尽管那只陌生的狼没有毛的胸口闻起来比较不像狼，但他还是可以听到里面有砰砰砰砰的声音，让他觉得很安心，就像他爬到爸爸身上打盹的时候会听到的声音。

小狼挣脱那只陌生的狼的怀抱，把两只前脚放到他的胸口，用后脚站立。他开始舔这只陌生狼的口鼻。

那只陌生的狼很生气地把他推开，他往后退了几步。但他并没有被吓倒，站稳身子以后，就坐在那只陌生的狼的面前凝视着他。真是好奇怪的脸，平平的，没有毛！嘴唇也不像一般的狼是黑的，而是苍白的，耳朵也是苍白的，**而且完全不会动**。但他的眼睛是银灰色的，并充满了光，那是一只狼的眼睛。

在发生山洪暴发那件事之后，直到现在，小狼终于觉得好多了，因为他找到了一个新的兄弟。

托瑞克真的很气自己。为什么不杀了这只小狼？现在叫他到哪里找吃的？

小狼把鼻子凑向他瘀伤的胸部，痛得他发出哀叫。"走开！"他怒吼，还用脚把小狼踢到一边。"我不要你啦！你毫无用处！**滚开！**"

他懒得再讲狼话，因为他发现自己根本不大会讲。他只知道一些比较简单的姿态和声音、表情，但小狼好像完全了解他的意思。小狼退了好几步，然后坐下来，满怀希望地看着他，尾巴在地上扫来扫去。

托瑞克站起来顿时天旋地转。他得赶快吃点东西。

他走在岸边找食物，但只看到死狼倒卧的躯体，而且已经腐烂，让他倒尽胃口。他濒临绝望。阳光开始低垂。该怎么办？在这里扎营吗？要怎么防范那只熊？爸爸被它杀害了，下一个就轮到自己了吗？

他觉得心如刀割。不要再想爸爸了。想想该怎么做。如果那只熊真的跟来了，自己早就没命了，不会等到现在。或许在这里还算安全，至少在今晚。

那些狼的躯体实在太重了，根本搬不动。他决定到上游一点的地方

24

扎营。不过，他可以先利用其中一具死狼来做诱饵，或许可以在晚上捕到猎物。

设陷阱真不是一件容易的事，要先用一根棍子支撑一块扁平的石头，再用另外一根棍子交叉做一个狭缝，才能完成一个机关。幸运的话，夜里可能会有狐狸经过，不小心触动石块，落入陷阱。虽然不会很好吃，但聊胜于无。

他刚满头大汗完成机关，小狼就跑过来好奇地嗅着这个死亡陷阱。托瑞克一把捉住他的口鼻，把他压到地上。"不可以，"他很严厉地说，"你离这东西远一点儿！"

小狼摇摇身子，深感冒犯地退远了。

被冒犯总比被打死好，托瑞克心想。

他知道自己这样并不公平，至少应该先咆哮几声，警告小狼不要靠近，如果真的不听话，再捉他的口鼻。但他实在太累了，哪有精力管这些礼数。

而且，何必这么费事去警告他？就算这个小东西在夜里摇摇晃晃地误触陷阱，被石块压扁，又关他何事？就算他听得懂小狼的话又怎么样？又有什么用？

他站起身来，却差一点因体力不支而跪下去。别理那只小狼了，先找点东西吃吧。

他打起精神爬上红色巨石后面的斜坡，想找一些雪莓。等他好不容易爬上去，才想到雪莓是长在湿地和沼泽，而不是桦树林里，而且季节根本还没到。

他注意到地面上有松鸡的粪便，于是就用绑草的方式做了一些小陷阱，两个被设在靠近地面，两个被设在松鸡经常跑过的较低枝干上，并用树叶加以伪装，以免被松鸡识破。然后他就回到了河边。

他知道自己现在的状况并不适合去叉鱼，就用刺藤编了捕鱼网，用一些水螺来当诱饵。然后他往上游走，一路寻找树莓和根茎。小狼跟了他好一会儿，后来就坐下来对他细声呼叫，要他赶快回来，因为

小狼不想离开家人。

这样更好，托瑞克心想。最好待在原地，不要跟来碍手碍脚。

在他搜寻的同时，日暮更加低垂，寒风刺骨。他的皮外套在森林迷雾中发出反光。他忽然有一个朦胧的念头，觉得现在应该去扎营，而不是寻找食物，但他实在太饿了，已经顾不得那么多。

他终于找到了一些红莓，狼吞虎咽地吃下去。后来又找到一些越橘、两只蜗牛，还有一些黄色的草菇，虽然有点霉味，但还不算太差。

等他幸运地找到一棵山胡桃树的时候，已经接近黄昏。他找了一根棍子，小心翼翼地顺着缠绕的树枝往下挖到细小结块的根。他咬下第一颗胡桃果：香甜可口，但分量只够塞牙缝。费了好大的功夫，他才又挖到四颗，立刻吃了两颗，剩下两颗塞在上衣里留待稍后享用。

吃了点东西之后，托瑞克恢复了体力，但脑子还是一片混乱。我接下来要做什么？他想着。为什么有点想不起来？

哦，扎营。对了。然后，生活。然后，睡觉。

小狼仍坐在空地上等他。一看见他回来，就欢欣鼓舞又跳又叫，带着野狼特有的微笑，往他这边狂奔而来。小狼不只是皱皱口鼻，抿抿嘴唇，而是整个身体都在微笑。他把耳朵贴在后脑勺，头歪向一边；尾巴不断摇动，前爪来回挥动；并在空中扭转跳跃。

这一切看得托瑞克眼花缭乱，所以故意视而不见，更何况他还要扎营。

他四处搜寻枯木，但洪水冲走了大部分的枯木。看来必须砍一些小树，如果他还有力气的话。

他从腰间拿出斧头，往桦树林走去，朝最小的一棵劈过去。他先喃喃地对树灵提出警告：请赶快去找个新家吧。然后才开始砍伐。

砍树的工作没多久就让他满头大汗，手臂上的伤阵阵抽痛。他忍住痛，要自己继续努力。

他感觉事情好像永远做不完，又要砍树，又要剥树皮。到最后手臂已经被汗水浸湿，实在撑不下去了，他发现才砍了两棵单薄的桦树幼苗和一棵稍大的云杉树。

只好就用这些了。

托瑞克先用撕开的云杉树皮来捆住桦树幼苗，搭成一面单坡屋檐，接着用较大的云杉树干覆盖另外三面，再多拿几根树枝铺在地上。

营帐相当简陋，但也只能这样了。他实在没有力气再去找枯叶来做一个防雨的屋顶，倘若真的下起雨来，也只好躲在睡袋里免得淋湿，并祈祷河神别再送出另一波洪水，因为他的营帐离河岸太近。

他拿出另一颗胡桃津津有味地咀嚼，同时打量着四周的空地，寻找适合生火的地方。正当他准备吞下去，却感到一阵反胃，就全部吐了出来。

小狼发出欢呼，高兴地一口气把他吐出来的东西吃了。

怎么会这样？托瑞克纳闷，难道吃到坏草菇？

不过那感觉不像坏草菇引起的，应该是其他的原因。他一直冒冷汗，浑身发抖，而且吐到胃里清空之后还是想吐。

他猜想到最坏的情况，打开手臂上的绷带查看，这一看心都凉了，恐惧像冰雾笼罩着他。他的伤口脓肿、红得吓人，隐隐发臭，且感觉到一股热气直冒上来。伸手一摸，简直痛到快昏死。

他不禁想要啜泣。他筋疲力尽、饥肠辘辘、惊恐万分，真的好希望爸爸就在身边。现在又多了一个敌人——

发烧。

第四节

托瑞克必须生火。他必须和发烧比赛，抢夺他自己的生命。

他摸到腰带上的火种包，当他拿出里面的一捆桦树皮，双手拼命颤抖，打火石一直往地上掉，点火的工作始终无法完成。他沮丧地发出咆哮，好不容易弄出一丝火光。

火终于生好了，他也已经抖到完全失控，几乎感觉不到火的温热。四周的声音变得震耳欲聋：小溪的汩汩流动、猫头鹰的呼呼鸣叫、小狼挨饿的呀呀哭声。为什么就不能让他好好休息？

他跌跌撞撞地走到河边取水。突然想到爸爸说过，不要靠水太近。**在生病的时候，绝对不要在水里看到自己的名字灵魂，否则就会晕眩，甚至跌落水中溺死。**

于是他闭着眼睛喝水，然后又跌跌撞撞地回到营帐。他知道自己必须休息，但他也知道必须看护受伤的手臂，否则性命恐将不保。

虽然那种沙沙的苦味让他作呕，他还是从药袋里拿出一些柳树皮，放在嘴里咬烂，然后把嚼烂的药草铺在手臂的伤口上，再用桦树皮的纤维重新包扎。这使他痛到几乎要昏过去。他现在所能做的也只有踢掉靴子，爬进睡袋。那只小狼也想挤进来，但被他推了出去。

他冷到两排牙齿咔嗒作响，无精打采地看着小狼走到火边，好奇地研究火焰。只见他伸出灰色的前爪碰触火焰，立刻惨叫一声缩回来，跳得老高。

学到教训了吧，托瑞克喃喃说道。

小狼摇摇身子，蹦蹦跳跳回到黑暗中。

托瑞克蜷缩着身子，包住剧痛的手臂，心中苦涩，想着自己为什么会弄到这步田地？

从小他就和爸爸一起在森林里游荡，在某个地方扎营一两夜，然后就继续流浪。他知道规则。**营帐的材料不能马虎，采集食物时不要浪费过多精力，切记不要弄到太晚才开始扎营。**

这是他自力更生的第一天，却打破了每一条规则。这真是太吓人了，简直就像是忘了怎么走路。

他用没有受伤的那只手碰触自己的脸，顺着两颊一对点状的虚线，抚摸他的氏族刺青。那是他七岁的时候，爸爸帮他刺上的，刺好以后再抹些熊果汁入色。你根本不配有这对刺青，托瑞克责备自己。如果死了，那也是活该。

哀伤的情绪再度在胸口翻腾。这是他有生以来第一次独自入眠。之前每次都有爸爸在身边。有生以来第一次，没有那双粗糙而温暖的大手抱他、说晚安，没有熟悉的鹿皮和汗味。

托瑞克的眼睛好酸，甚至感到刺痛，他强迫自己闭上眼睛，然后进入梦乡，旋即却被恶梦追逐。

他在水深及膝的湿地里涉水而过，拼命想逃开恶熊的追杀。父亲的尖叫声在耳边回荡。父亲在尖叫。

恶熊的眼睛燃烧着来自异世界的致命火焰——那是厉鬼之火。它用后腿站立起来：一个高耸的恶鬼，难以置信的庞然大物。它的巨爪整个张开，对着月亮咆哮它的恨意。

托瑞克在自己的惊呼声中醒来。

恶熊最后的咆哮却仍在森林中回荡。那不是梦，是真的。

托瑞克憋住气，不敢喘息，他从营帐的缝隙望见蓝色的月光，他看到火快要熄了，感觉自己的心脏跳得好快。

森林再度被撼动。树林紧张地倾听。但这次托瑞克听得出来，熊的咆哮声在很远的地方，往西方大概有好几天的路程。于是他缓缓吐了口气。

在营帐口，他看见小狼正坐在那边望着他。小狼歪着头看人的双眼透出一种奇异的暗金色，像琥珀。托瑞克想到爸爸用皮绳挂在脖子上的一小块护身符。

很奇怪，这让他觉得略感安心。至少他并不完全是孤独的。

当他的心跳恢复正常，却更清楚地感觉到发烧的痛苦。仿佛皮肤都要被烤焦了，头痛欲裂。他挣扎着想从药袋里拿出更多的柳树皮，却掉在地上，在黑暗中再难寻获。他坐起来扔了另一根树枝到

火里，然后躺回去，兀自心惊。

脑子里不断回荡那只恶熊的咆哮。它在哪里？那些野马横死的林间空地是在河流的北边，它也是在北边攻击爸爸的。而今它听来却在西边。它会一直往西边去吗？如果它闻到自己的味道，会不会又回来？还有多久它就会到达，找到病倒的自己？

他心中响起一个冷静的低语声，好似爸爸就在他身边。**如果那只熊真的来了，小狼会事先警告你的。你不要忘了，托瑞克，狼的嗅觉是如此灵敏，甚至可以闻到鱼呼吸的气味。狼的听觉是如此敏锐，甚至可以听到云经过的声音。**

对啊，托瑞克心想，那只小狼会警告我的。这就对了。我就算死也要明明白白，像个男子汉那样面对那只恶熊。要像爸爸一样勇敢。

从远方传来一只狗的吠叫。不是狼，而是狗。

托瑞克不禁皱眉。有狗就表示有人。但是，森林的这部分通常是不会有人的。

难道这边有人？

他再度坠入黑暗的梦乡，回到恶熊的魔掌。

第五节

当托瑞克再度醒来，几乎快天黑了。原来他睡了一整天。

他觉得很虚弱，而且口干舌燥。不过伤口已经不再那么火热剧痛，烧已经退了。

小狼不见了。

托瑞克很惊讶自己竟然关心小狼好不好。何必在乎？那只小狼跟他一点关系也没有。

他蹒跚走到河边喝水，然后扔了一些树枝到快熄灭的营火里。这些动作对他来说，就已经很勉强了。他休息了一下，吃了一颗胡桃，还有一些在河岸找到的栗色果子。那些果子又硬又酸，却很能补充元气。

小狼还是没有回来。

他考虑是否要发出嗥叫，呼唤他回来。但他如果回来，就会要东西吃。更何况，嗥叫很可能会把恶熊引来。所以，他穿上靴子，先去检查昨晚设下的捕兽陷阱。捕鱼网是空的，里面只有一个小鱼骨，被啃得干干净净的。捕鸟笼比较有收获，捉到了一只松鸡。终于有肉吃了。

他匆匆在口中咕哝一句谢过鸟灵的话。托瑞克把松鸡的脖子折断，切开肚皮，生吃了温热的鸡肝。有点苦，而且黏黏的，但他实在饿坏了，根本不在乎。

感觉好多了。他把松鸡绑在腰带上，就去检查捕兽的死亡陷阱。

幸好，没有发现小狼惨死在里面。原来小狼跑到死去母亲的身边，用前爪推着它腐烂的尸体。一看到托瑞克来了，小狼马上跑过来，用头对着躺在地上的母狼发出几句声嘶力竭的哀号。他希望托瑞克告诉他为什么。

托瑞克叹了一口气。什么是死亡？连他自己都不懂了，又要怎么解释给小狼听？

"来吧。"他说，他已不想再模仿狼说话。

小狼转动他的大耳朵，想了解他说的话。

"这边没有什么好看的，"托瑞克不耐烦地说，"我们走吧。"

回到营地的时候，他把松鸡扒成几块，放在火上烤。小狼准备扑上去。

托瑞克捉住他的口鼻，把他按在地上。不可以，他吼道，那是我的！

小狼顺从地趴在地上，尾巴重重地拍着。托瑞克放开他的口鼻，他滚过身子，躺到安全的距离，并很有礼貌地低下头。

托瑞克满意地点点头。小狼必须知道谁才是老大，否则未来会后患无穷。

还有未来么？他不禁满面愁容。哼，他的未来才不要包括这只小狼。

烤肉的香味把他拉回现实，肥肉在火上吱吱作响。口水都快流下来了。他很快扯下一只鸡腿，塞在一根桦树杈枝上，奉献给氏族守护灵，这才坐下来享用大餐。

他一辈子没吃过这么好吃的东西。他把附在鸡骨头上的肉啃得一干二净，连同每一块烤得香脆可口的鸡皮，并硬起心肠不去理会小狼琥珀般的大眼睛在一旁羡慕地盯着他。

当他吃完那个鸡腿，用手背抹抹嘴巴。小狼的眼光始终跟随着他的一举一动。

托瑞克不由叹了一口气，"唉，好啦。"他喃喃地说。他撕下另外一只鸡腿，然后扔给小狼。

小狼三两下就解决了那只鸡腿，抬起头来满怀期待地望着托瑞克。

"没有啦。"托瑞克对他说。

小狼不耐烦地叫着，眼睛紧盯着他手中的那副鸡骨头。

托瑞克早已经把骨头上的肉啃得干干净净，不过这些还可以做成缝衣针、钓鱼钩，还可以熬成汤；虽然没有锅，根本也做不成汤。

他知道这样下去会宠坏小狼，但还是撕了一半的鸡骨头扔给小狼。

小狼用锋利的前爪很快解决了鸡骨头，然后，立刻蜷缩身子睡着了：变成一团上下起伏的温暖的灰色毛球。

托瑞克也想就这样睡了，但他知道还不行，夜幕降临，天气变得很冷，他坐在那边看着火。现在烧已经退了，也吃了些肉，他终于可以好好思考了。

他想到横尸林间空地的那群野马，和那双恶熊着魔的眼神，**它被附身了。** 爸爸这样说过。**有厉鬼占据了它的身体，让它变成了邪灵。**

但究竟什么是魔鬼？托瑞克真的很纳闷。他不知道，他只知道厉鬼痛恨所有的生灵。有时候它会从异世界逃脱，从地底下跑出来，造成疾病与浩劫。

当他想到这里，突然明白。虽然他懂得很多猎食者和猎物的事情，像山猫、狼獾、野牛、野马、鹿等等，却不大了解森林里的其他生灵。

他只知道氏族守护灵会守护大家的扎营地；暴风雨夜，鬼魂会在光秃秃的树上呜咽，永远追寻着他们失去的氏族。他知道有些隐形人躲在岩石和河流里，就像族人住在营帐里。他们外表看起来很漂亮，但一转身就会把你吓死，因为他们的身体是空的，就像腐朽的枯木。

托瑞克知道最少的就是"世界灵"，只知他恩赐了世间的雨露霜雪和猎物。在此之前，他从未想过这些。那离他太遥远了：一个拥有不可思议神力的"世界灵"，住在遥远的圣山，从来没有人见过他，但有人说他在夏天出现时是一个长着鹿角的男人，在冬天则是一个头发是红柳枝的女人。

托瑞克把头埋在膝盖里。他对爸爸发下的血誓实在太沉重了，压得他喘不过气来。

突然间，小狼咕哝一声跳起身来。

托瑞克也立刻跳起来。

只见小狼定睛望着黑暗，他竖起长长的耳朵、立起颈背部的毛，然后就冲出了火光可见的范围，不见了踪影。

托瑞克一动也不动地紧握爸爸留给他的刀。他感觉到周遭的树林都在看他。他听到树木们彼此低语。

在不远处，传来知更鸟唱着的哀戚的夜歌。小狼又回来了：颈背部的毛顺了，口鼻柔柔的，轻快地微笑着。

托瑞克松开原本握刀的手。不管外面原先是什么东西，应该已经走了，或是并没有威胁性。如果是那只熊的话，知更鸟应该也不可能还有心情唱歌。至少这点可以确定。

他再度坐下。

你必须在下一个月圆前找到那座"世界灵"圣山，他告诉自己。

爸爸是这么说的。

当红眼升到夜空的最高点……那就是厉鬼力量最强的时候。

是的，我知道这点，托瑞克心想。我知道红眼，我见过。

每个秋天，庞然公牛"欧罗克"——异世界最强大的厉鬼就会逃到夜空中。刚开始，它会低着头，挖着土，因此人们只看到闪耀在它肩膀轮廓的星光。但冬天一到，它就会升得愈高，变得愈强。这时候，你就会看到它发亮的牛角和一对血腥的红眼。那是冬季的红星。

接着在"红柳之月"，它会攀升到最高点，邪灵的力量也到达最高点。到时候，群魔倾巢而出，然后，**那只恶熊将变得所向无敌。**

托瑞克抬头望着树枝之间的天空，有冷冷的星光。在东方的地平线上，就在远处幽暗的群山之上，他看到了，庞然公牛"欧罗克"发亮的肩膀。

现在的时节已经接近"咆哮公鹿之月"。到了下个月，"黑刺之月"，红眼就会出现了，那只熊的力量就会增强。到了"红柳之月"，它就会战无不胜。

朝北方走去，爸爸说，很多天的路程。

托瑞克并不想朝北方走，那将意味着离开他最熟悉的森林区域，进入一个未知的领域。然而，爸爸确信他可以做得到，否则不可能逼他发下重誓。

他伸手拿了一根棍子去拨弄营火。

他知道高山区是在很远的东方，穿过森林的深处，并且从北边绵延到南边，穿越整座森林的中央，就像是一头巨鲸的脊椎骨。他也知道，"世界灵"据说是住在最北边的一座圣山。但从来没有人可以靠近圣山，因为"世界灵"总是用狂烈的暴风雨和突如其来的落石来阻止人们靠近。

一整天，托瑞克都是朝北边逃。但他现在的位置还是在最南边的山脚下。他真不知道要怎么撑下去。烧才刚退，他实在没有力气继续长途跋涉。

那就不要启程，他心想。

同样的错误不要再犯第二次，不要恐慌，不要因为愚蠢而害死自己。先待在这里，等在这里，休息一两天，养足了体力再动身也不迟。

做了决定之后，他心里觉得舒坦多了。

他放了更多的树枝在火堆里，然后惊讶地发现，小狼正盯着他看。小狼的眼神很稳定，不太像一只幼狼。

他再度想起爸爸和他说过的话。**狼的眼睛和其他生灵的眼睛都不一样——除了人类。狼是我们最亲近的兄弟。托瑞克，这点从它们的眼睛就可以看出来。唯一的差别就是颜色。它们的眼睛是金色，我们的是灰色。可是狼看不到这个差别，因为它们的世界里没有颜色。只有银色和灰色。**托瑞克曾经问他是怎么知道的，但爸爸笑着摇摇头，只说等托瑞克长大后会告诉他。有很多事情他都准备等托瑞克长大再告诉他。

托瑞克发出痛哭的哀嚎，双手用力抹了抹脸。

小狼还在看他。

小狼突然已经具备成年狼的俊美体态：修长而苍白的口鼻，硕大的银色耳朵，耳廓边则是黑色的，还有那双优雅的深邃眼睛，仿佛镶着黑色的框。

那对眼睛就像倒映在春水边阳光般清澈。

突然间，托瑞克有一种很诡异的感觉，仿佛这只小狼知道他的心思。

在森林所有的猎食者当中，爸爸的声音在他的脑海里说，**狼最像我们。它们打猎是成群出动的。它们喜欢讲话，也喜欢游戏。它们深爱自己的配偶和孩子。而且每一只狼都努力为家族而奉献。**

托瑞克坐直身子，难道这就是爸爸的意思。

你的守护者将会找到你。

难道，这只小狼就是我的守护者？

他决定做一个小小的测试。清了清喉咙，他双手双脚着地，他不知道在狼的语言里怎么说"山"，所以他比手划脚地指着自己的头，并且发出短促低音的狼叫声。问小狼知不知道怎么走。

小狼转动耳朵，并看着他，然后又很有礼貌地转开视线，因为在狼的对话中，一直盯着对方看就表示威胁。然后他站起身子，伸展四肢，懒洋洋地摇动他的尾巴。

从他的动作里，托瑞克看不出他是否理解这个问题。他又回复到一般小狼的样子。

真的不是吗？

刚才的眼神莫非只是他想象出来的？

第六节

自从这位"无尾高个子"（小狼眼中的托瑞克）来到这里，已经过了很多白天和夜晚。

刚开始，他一直睡觉，现在他比较像一只正常的狼了。当他伤心的时候，他就不说话；当他生气的时候，他就咆哮。他喜欢拿一小块兔皮玩触杀游戏，当小狼把他扑倒时，他就在地上打滚，还发出一种奇怪的短促叫声，小狼猜想那应该是他笑的方式。

有时候"无尾高个子"会和小狼一直对着天空发出狼嗥，对森林唱出他们的心声。"无尾高个子"的嗥声很粗野，没有什么旋律，但是很有感觉。

他讲话的方式也是如此，很粗野，但是很有表情。当然喽，他没有尾巴，耳朵也不能动，毛也不能竖起来，也无法叫出高音。但他通常都可以清楚表达自己的意思。

所以，在很多方面，他跟一般的狼没有两样。

但是，可怜的"无尾高个子"几乎没有嗅觉和听觉，尤其在夜里，他喜欢一直盯着那一圈火。有时候他会把后脚的爪子直接拿掉，有一次更恐怖，连皮都剥下来。最奇怪的是，他睡得够久。他好像完全不知道一只狼只能睡得很浅，要常常起来，伸展一下，或转个身，这样才能随时保持警觉。

小狼想要教"无尾高个子"经常起来，于是就在他睡觉的时候轻轻推他，或咬他的耳朵。没想到"无尾高个子"非但没感谢，反而非常非常的生气。到最后，小狼也只好任由他睡个不停。结果，那次到了白天的时候，"无尾高个子"终于睡醒起来，而且情绪非常地坏。怨得了谁？谁叫他不准自己的兄弟叫他起来？

不过，今天"无尾高个子"倒是在天亮前就起床了，心情好像很不一样。小狼感觉到他非常紧张。

小狼很好奇地看着"无尾高个子"脱离了日常的轨迹，往小河那边走。要去打猎吗？

小狼跟在他后面蹦蹦跳跳，并出声要他停住。那不是打猎的路。

而且"无尾高个子"走错方向了。

这并不是因为他沿着小河走，而小河现在是小狼最讨厌和恐惧的东西。因为那是错误的方向，正确的方向应该是要翻越山丘，然后继续走很多的白天和夜晚。

小狼并不知道自己为什么会知道这些，好像那是发自他的内心，有一股力量隐约在牵引他。就像当他跑远的时候，会感觉到狼窝的牵引，只是比较微弱，因为那毕竟是来自很远的地方。

小狼低声发出警告"嗷呜！"就像妈妈命令他们马上回到狼窝时的叫声。

"无尾高个子"转过身来，用他自己的话问了一句，听起来像是"做什么啊？"

"嗷呜！"小狼又叫了一声，并且小跑步到山丘脚边，眼睛望向正确的路径。然后，他先转头看"无尾高个子"，再转回去看山丘脚边。**不是往那边，是往这边。**

"无尾高个子"很不耐烦地重复他的问题，小狼很有耐心地等他明白。

"无尾高个子"搔着头，说了句什么，然后转过头，朝小狼这边走过来。

托瑞克看到小狼的身躯紧张了起来。

小狼的耳朵轻轻地往前弹，黑色的鼻子抽动着。托瑞克顺着他的眼光看过去。只见一圈榛树和柳叶草交缠，什么也看不到，但他知道公鹿一定就在那边，因为小狼就是知道，而托瑞克已经学会信任小狼。

小狼抬起头来看看托瑞克，琥珀般的眼睛凝视他的眼睛，接着转过去，注视着森林。

托瑞克默不作声，用大拇指揉开草的顶端，让细小的种子随风飞去。很好，他们仍在公鹿的下风处，这表示，它不会闻到他们的味道。而且每次出发前，托瑞克都会在身上抹一些木屑粉，以便掩盖自己的气味。

他的动作极其轻微，完全没有发出任何声音，然后悄悄从袋子里拿出一支箭放在弓上。那只是一头体型很小的獐鹿，但若可以打到，那将是他独立以来第一次大型狩猎。他一定要打到它，在这个季节很难找到猎物。

小狼的头垂得很低。

托瑞克整个人蹲伏在地面。

他们一起慢慢地往前推进。

他们已经追踪这头鹿一整天，托瑞克尾随它留下的痕迹，仔细观察它咬过的嫩枝和脚印分开的距离，试图去感觉它的想法，去揣摸它接下来会去哪里。

追踪猎物，你必须先认识它，就像认识自己的兄弟。你要知道它吃什么，什么时候吃，如何吃，在哪里休息，它如何移动。爸爸教会托瑞克很多东西。他深知追踪猎物之道。他知道作为猎人你必须停下来倾听：放开你的感官，去领会森林告诉你的一切……

现在，托瑞克知道公鹿累了。白天稍早的时候，它的每个小蹄印都分得很开，而且印得很深，这表示它在奔跑。现在脚印变得比较浅，而且距离比较近，这表示它已经慢下了脚步。

它一定饿了，因为它并没有时间悠闲地吃草。它一定很渴，因为它为了安全一直躲在没有水源的灌木丛内。

托瑞克扫视溪流的诸种迹象。穿过榛树，往西边大约三十步的距离，他瞥见了一丛赤杨。赤杨只长在水边。公鹿一定是往那边去了。

他和小狼缓慢地匍匐前进，他用双手圈住耳朵周围，听到了一丝潺潺流水的声音。

突然间，小狼定住了，耳朵迅速往前动，同时举起一只前爪。

公鹿就在那边。穿过赤杨，他们发现公鹿就在那边俯身饮水。

托瑞克小心翼翼地瞄准。

公鹿抬起头，溪水从它的口鼻滴下来。

托瑞克看到它向空中猛嗅，警戒地竖起臀部淡色的毛。再迟疑一秒，恐怕就要错失良机。他把箭射了出去。

箭正中公鹿肩膀后的胸口，在一阵不失优美的颤抖之后，公鹿的膝盖一弯，跌坐在地面。

托瑞克大叫一声，推开眼前的小树，奔向公鹿。小狼也追上去，他轻易就跑到了前头，但随即慢下来，好让托瑞克跟上来。小狼已经学会了尊敬老大。

托瑞克气喘吁吁地站在公鹿的身边。它的胸口还在起伏，但离死亡不远了。它的三个灵魂已经准备离开。

托瑞克吐了一口气。现在他必须做一件事，以往他曾看过爸爸做过无数次，但对他来说是第一次，所以必须很谨慎。

他跪在公鹿旁，伸出双手，温柔地抚摸公鹿粗糙而汗湿的双颊。公鹿静静地躺在他的双手底下。

"你很棒，"托瑞克说。他的声音听起来有点生硬。"你很勇敢，很聪明，而且你这样过了一整天。我将遵守和'世界灵'的约定，抱持尊敬的心对你。所以，你安静去吧。"

他看着死神慢慢阖上公鹿那双大眼睛。

他对公鹿充满感激，同时也感到骄傲。这是他第一次大型狩猎。无论爸爸现在是在死亡之旅的哪一个地方，但愿他也会感到欣慰。

托瑞克转向小狼，并且弯着头，皱着鼻子，露出牙齿，作出一个狼式微笑。**你做得很好，谢谢你。**

小狼扑向托瑞克，几乎把他扑倒在地。托瑞克笑了，从食物袋中摸出一把黑莓给他。小狼用力嗅着。

自从他们从小溪"急水"那边出发，已经过了七天，并没有发现那只熊的踪迹。没有足迹，没有粘在刺藤上的毛，也没有再听到撼动森林的咆哮。

但情况还是有些不对劲。通常在这个时节，森林里总是回荡着红鹿发情的吼声，还有它们为了争夺母鹿而打斗的鹿角碰撞声，而今却出奇的沉静。就好像整座森林渐渐空掉，所有的猎物都为了躲避那无形的威吓而不见踪迹。

在这七天里，托瑞克遇到的生物只有鸟类和田鼠。还有一次，让他顿时心惊肉跳的，是碰上了一个狩猎群：三个男人、两个女人，和一条狗。幸好他赶紧溜走，没有被他们发现。**远离人类！**爸爸曾经这样警告过他。**万一他们发现，你可以做的事……**

托瑞克不知道那是什么意思，但他知道爸爸是对的。他从小就在远离人类的情况下成长；他不想跟他们有任何牵连。何况，他现在已经有小狼为伴。随着日子一天天过去，他们也愈来愈了解彼此。

托瑞克现在知道狼的语言是很复杂的，糅合了姿势、表情、味道和声音。做姿势的可以是口鼻、耳朵、爪子、尾巴、肩膀、毛，或整个身体。很多姿势都非常地精细，可能是很细微的翘起或抽动。大部分都没有配合声音。现在托瑞克已经可以看懂很多，虽然那并不像是一种学习，而更像是回想。

不过，他知道有一件事情是他永远也无法掌握的，因为他毕竟不是一只狼。他称之为"狼的感应"——小狼就具有一种不可思议的感应力，可以洞悉他的思想和情绪。

小狼也有他自己的情绪。他有时候是一只小狼，像小狗一样喜欢吃莓子，而且没一刻安静。就像当托瑞克为他举行命名仪式的时候，他就不肯乖乖坐好，全身扭来扭去的，还把涂在爪子上的赤杨树汁都舔掉了。亏托瑞克还那么郑重其事，深怕如此重要的仪式会出错，小狼根本就一副无所谓的德行，还觉得不耐烦，只想蒙混过去。

但在其他时候，他却是托瑞克的守护者：他很神秘地知道他们该往哪一个方向去。但若托瑞克问他，他也说不出个所以然。只说，**我就是知道。**就这样。

此刻的小狼并不是守护者，而只是一只淘气的小狼。他的口鼻沾满了黑莓汁，然后一直嚷着说还要。

托瑞克笑着把他推开："没有了！我还有正事要办。"

小狼摇晃身子，露出微笑，就到一边去打盹了。

托瑞克整整花了两天才肢解了公鹿的躯体。他答应过公鹿要心存敬意，而且一丁点儿都不可以浪费。这是猎人和"世界灵"之间古老的约定，猎人们必须对捕获的食物保持尊敬之情，"世界灵"才会恩赐更多的猎物。

这是一个艰巨的任务。通常猎人们需要经过好几年的练习，才能学会妥善处理猎物。

托瑞克并不是非常熟练，但他尽力了。

首先，他先撕开鹿的肚子，并切下一小片肝奉献给氏族的守护灵。其他的肝脏则切成小条，准备晒干。然后他心软地切了一小块给小狼，他呼噜呼噜地吃着。

接着，托瑞克把皮剥下来，用鹿角制的刮刀把残余的肉刮干净。他把橡树皮磨成的粉末调在水里，用以软化鹿皮上的毛。然后，他把鹿皮挂在两棵小树中间，而且要挂高一点儿，免得被小狼扯下来。接着才刮除鹿皮上的毛，他很不专业地弄破了好几个洞，并且用捣烂的鹿脑来摩擦鹿皮，让它变得柔软。在最后一回的浸泡与晾干之后，就有了一张还算不错的生皮，可以编织绳索，或做成钓鱼线。

在晾干鹿皮的同时，他把鹿肉切成条状，挂在冒烟的桦树火堆上方。等肉干了以后，再用两块石头打一打，让它们变得更薄，然后紧紧卷成小小的肉干圈。这种肉干很好吃，只要吃一小片，就可以维持半天的体力。

他把内脏洗一洗，浸在橡树粉末泡的水里，然后晾在较低的灌木上。鹿的胃可以做成一个水壶，膀胱可以做成一个备用的火石袋，肠子可以装核果。肺是准备留给狼的，但不是现在。等到吃日餐和晚餐的时候，托瑞克会先帮小狼咀嚼过后再给他吃。但由于现在没有锅用来煮鹿蹄以便制作胶质，只好直接扔给小狼去啃。小狼兴高采烈地玩

了好一会儿，才开始啃食。

接下来，托瑞克清洗鹿背部长长的腱，加以拍平，再抽出其中细长的纤维，做成缝衣线，其后先晾干，再抹油，增加线的延展性。比起爸爸以前做的线来说，当然没有那么柔软和平整，但勉强可以用了。这些线很粗硬，缝出来的衣服应该会很耐穿。

等到第二天处理完一切，天色已经很晚了。托瑞克坐在火边，吃了很多肉，心满意足。

然后他开始拿出松鸡骨头来削，想要做成一个哨子。有时候小狼会自己跑出去探险，托瑞克需要一个发声的工具来呼唤小狼，而且要比狼嗥的声音小一点儿。他们先前碰到的那个人类狩猎群可能还在不远处，他不想用嗥叫声来吸引不必要的注意。

他削好以后，就试吹一下。结果很失望，居然没有声音。他看见爸爸削过无数个类似的哨子，每次都可以吹出鸟鸣般的啁啾声，为什么他削的却没有声音？

沮丧之余，托瑞克又试了一次。他尽可能用力地吹了好长一口气，还是没有声音。出乎他意料之外，身边的狼却忽然像被黄蜂叮到似地跳得好高。

托瑞克的眼光从受惊吓的小狼身上，移到自己手上的哨子。然后他又吹了一次，还是没有声音。

这一次，小狼发出很短的吠声，继而哀鸣，表示他真的讨厌那个哨子发出的声音，但他无意冒犯托瑞克。

托瑞克轻轻抚摸小狼的口鼻底下，表示对不起，小狼这才放松伏下身躯。他的表情所传达的意思很清楚：托瑞克不应该随便呼叫他，除非真的有必要。

羊羊

隔天的拂晓明亮而优美，他们再度启程。托瑞克精神抖擞。

距离爸爸惨遭恶熊杀害已经是第十二天了。在这段时间里，托瑞克战胜了饥饿、克服了发烧、找到了狼，并完成了人生第一次的大型狩猎。他犯了很多的错误，但还活着。

他想爸爸应该已经抵达逝者的国度，那里有取之不尽的箭，而且狩猎从不会失败。至少，托瑞克心想，他有带他的武器，还有我的刀与他为伴，还有那些肉干。这样一想，他方感安慰，哀伤稍减。

托瑞克知道自己将永怀失去父亲的忧伤，这就像一块放在心上的石头，要带着过一辈子。只是今天早上这块石头感觉不是那么重。他能够存活到现在，父亲应该会以他为荣。

当他走在阳光映照下的林荫道上，穿过矮树丛，甚至感觉到快乐。两只歌鸫从他们头顶上飞过。小狼紧跟在他身边，高高翘着蓬松的银色尾巴。

托瑞克听到嫩枝折断的声音，一只大手从后面抓住了他的上衣，把他拉倒在地。

第七节

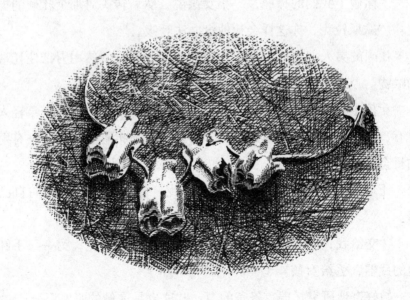

三个猎人，三把致命的火石武器，全都瞄准他。

托瑞克的脑子一团混乱，动弹不得。小狼也不见踪影。

那个抓住他上衣的男人非常壮硕。黄褐色的胡子像鸟窝缠绕，脸上有一道很恐怖的凹陷下去的疤痕，连耳朵都被咬掉了，另一只手上拿着火石刀，抵住托瑞克的下巴。

那个人旁边站着一个高挑的青年，还有一个和托瑞克差不多大的女孩。他们的头发都是暗红色的，表情平静而冷酷，用石箭直指他的胸膛。

托瑞克试图冷静下来，不要泄露自己内心极度的恐惧。"放开我！"他叫道。他想挣脱，但只是白费力气。

那个壮硕的男人喝道："哼，原来小偷就是你！"他用力把托瑞克举起，让他几乎窒息。

"我不是小偷！"托瑞克边咳嗽边说，同时护住自己的喉咙。

"他骗人。"那个年轻人冷冷地说。

"你偷了我们的獐鹿，"小女孩说。然后转头对那个壮硕的男人说："欧斯拉克，你这样会让他没办法呼吸。"

壮硕的男人把他放回地面，但并未松开手，依然用刀抵住托瑞克的喉咙。

女孩小心翼翼地把箭放回背袋，并把弓背回肩膀。那个年轻人则没有，从他眼里的闪光看来，他非常乐意拿箭指着人，而且一有射箭的机会就绝对不会放过。

托瑞克咳嗽一下，摸摸自己的喉咙，然后偷偷把手伸向自己的刀。

"交给我，"欧斯拉克说。一手仍然抓着托瑞克，另一只手卸下他的武器，丢给女孩。

她好奇地研究托瑞克爸爸的刀："这也是你偷的吗？"

"不是！"托瑞克叫道，"那是——那是我父亲的。"

他们显然并不相信。

他看着那个女孩说："你说我偷了你们的鹿，凭什么说那是你们的？"

"这一块森林是我们的。"年轻人说。

托瑞克百思不解。"你在说什么？森林并不属于任何人！"

"情况不同了，"年轻人打断他的话。"这是氏族大会决定的。因为……"他不耐烦地怒吼一声，"那不重要！反正你偷了我们的猎物，你就得死。"

托瑞克直冒冷汗。**死？**为什么只是猎了一头獐鹿就得死？

他觉得口干舌燥，简直无法言语。"如果你们要的是獐鹿，"他说，"那就拿去吧，请放了我。都在我的袋子里，并没有吃掉很多。"

欧斯拉克和女孩互看一眼，年轻人却不以为然地把头一甩："没那么容易。你是我的俘虏。欧斯拉克，把他的手绑起来。我们要把他带到芬·肯丁那儿。"

"那是什么地方？"托瑞克问。

"那不是地方，"欧斯拉克说，"是一个人。"

"你怎么什么都不懂啊？"女孩嘲笑他。

"芬·肯丁是我叔叔，"年轻人一边说一边拖着他往前走，"他是我们的族长。我是荷德，他兄弟的儿子。"

"哪一族？你要捉我去哪里？"

他们并没有回答。

欧斯拉克推了他一把，他跪倒在地。当他挣扎着站起身来，却看到在后方，他最担心的事情发生了，小狼回过头来找他，正小跑步往这边赶来。

他们还没有发现他。如果小狼被他们捉到会怎样？但愿他们遵守古老的约定：猎人不可以杀害森林里的其他猎食者。但他们若把小狼给赶走了，那将发生什么事呢？托瑞克心里浮现出自己在森林里头迷路的惨状，饥饿和哭嚎。

为了警告小狼快躲到一边，免得被发现，他低声而急促地叫了一声，"嗷呜！"**危险！**

欧斯拉克吓了一跳，差点儿撞到他。"你说什么？"

"嗷呜！"托瑞克又说了一次。让他愈发焦急的是，小狼非但没有撤退，反而收起耳朵，直接往他这边跑过来。

"这是什么？"欧斯拉克喃喃说着，低下身子一把捉住了小狼的颈背部。

小狼在那只巨大的手下晃动挣扎，发出咆哮。

"放了他，他不会危害到你们！"

"把他赶走就好了啊，我们还要赶路。"荷德不耐烦地说。

"不要！"托瑞克很着急，"他是我的守……不要这样！"

女孩狐疑地看他一眼，"他是你的什么？"

"他和我是一起的。"托瑞克低语道。他知道不可以泄露要去圣山的秘密，这些事情只能对小狼说。

"走了，芮恩，"荷德吼着，"别再浪费时间了！"

但芮恩还一直瞪着托瑞克，接着转向欧斯拉克，"给我。"她从自己的背包里拿出一个鹿皮袋子，把小狼扔进去，然后把袋口绑起来。她扛着袋子，里面的小狼不断扭动和嗥叫，只听她对托瑞克说："你最好快走一点儿，否则我就把他往树上一撞。"

托瑞克瞪着她。她或许不会真的这么做，但她让托瑞克乖乖听话的方式确实远比欧斯拉克或荷德的都高明。

欧斯拉克又推了托瑞克一把，然后他们就顺着一条鹿径，朝着西北方前进。

托瑞克的双手被生皮紧紧绑住，没多久就觉得手腕很痛。就这样吧，托瑞克心想。他真的很气自己。**注意你的背后**，爸爸明明说过。他却还是没做到。现在终于要付出代价了，还害了小狼。袋子好像不再传出闷闷的嗥叫声。"难道他窒息了吗？该不会已经死了？"

托瑞克苦苦哀求芮恩打开袋口让空气流通一下。

"没这必要，"她头也不回地说，"我刚才感觉到他在动。"

托瑞克紧咬着牙根，必须想办法脱逃。

欧斯拉克走在他后面，但荷德走在正前方。他大概十九岁，身材健美，相貌英俊，看起来很傲慢也很不安：凡事都要争第一，却害怕只得第二。他的衣服很精致，颜色很鲜艳，上衣和裤套都是用染红的鹿腱编织线所缝制，边缘还镶有染绿的某种鸟皮，胸口戴着一个由红鹿牙制成的华丽项链。

托瑞克觉得有点莫名其妙，一个猎人怎会如此花哨？而且那个项链还会发出叮当声，更是犯了狩猎大忌。

芮恩和荷德长得有点像，托瑞克猜想应该是兄妹，芮恩大约比荷德小上四五岁。她的氏族刺青是两颊上三条蓝黑色的线条，在苍白的脸上异常鲜明，以至看起来格外犀利与多疑。托瑞克认为不可以向她求援。

她的鹿皮上衣和裤套有点破旧，但弓和箭袋真的很漂亮，点缀着猫头鹰的羽毛，感觉随时都会飞起来。在她左手的前两支手指上，戴着皮护套，右手臂则戴着一个绿色石板磨成的手腕护套。托瑞克猜想，戴这种护腕的人为了他们的弓而活。那才是她最在意的，而不像荷德只在乎光鲜亮丽的衣服。他这样想。

可他们究竟是哪一个氏族的？虽然，她上衣的左侧——荷德和欧斯拉克也一样，缀有他们的氏族动物的皮毛：一把黑色羽毛。天鹅？老鹰？那些羽毛已经太过老旧破烂。托瑞克实在无法判断。

他们走了整个早上，完全没有停下来吃东西或喝水，通过沼泽山谷，一路听闻喋喋不休的颤杨树窃窃低语；攀爬山丘时，在永远警觉的松树荫下宛若黑夜；当托瑞克经过的时候，只听见树灵们纷纷不胜唏嘘，简直像在哀悼他的死期不远。

乌云蔽日，他已经完全失去了方向感。他们来到一个斜坡，森林的地衣上充斥着高耸隆起的蚂蚁丘，有的甚至高达腰部。由于蚂蚁只在树林的南部筑丘，托瑞克猜想，他们应该是往西边走。

最后他们终于停下来喝水。

"我们走太慢了，"荷德又在大呼小叫，"我们还得通过一个山谷才能到达风河。"

托瑞克竖起耳朵仔细听，或许会听到一些有用的信息……

芮恩感觉到他在倾听。风河，她故意缓缓说着，好像把他当成三岁小孩，"是在西边，下一个山谷。那是我们秋天扎营的地方。如果再往北方走两天的话，就会到宽水，那是我们夏天扎营的地方。因为有很多鲑鱼，鲑鱼，你应该听过吧？那是一种鱼。"

托瑞克被她奚落得满脸通红。但他总算知道自己要被带到他们秋季的营地。这真是糟糕，因为营地里一定会有更多的人，更没有机会逃脱了。

走着走着，太阳下山了，这些人开始变得急躁起来，时常停下来听四周的声音，东张西望地察看。他猜想他们应该早就知道恶熊的事。或许因此才开始实行那前所未闻的"拥有"猎物的决定。因为猎物愈来愈稀少，都被恶熊吓跑了。

第八节

狼

圣山狼迹

当他们一行人走在河上的一座木桥时，托瑞克看着底下流过的河水，心里盘算要不要干脆跳下去。但他的双手受缚，跳下去等于自寻死路。更何况，他无论如何都不能够丢下小狼不管。

往下游走了十步左右，就开始从树林进入空地。托瑞克闻到松烟和鲜血的味道。他看到四个超大型的鹿皮营帐，不同于他所见过的任何营帐。还有好多好多人，多到让他眼花缭乱，这些人全都在勤奋工作，没有人注意到他。恐惧让他的脑子格外清醒，于是他巨细靡遗地观察眼前的一切。

河边有两个男人正在剥一头倒挂在树上的野猪的皮。他们剖开猪的肚皮之后，就把刀放回刀鞘，徒手剥皮，免得弄破。他们全都赤裸着胸膛，在裤套之外还披着鱼皮制的工作围裙。他们看起来都非常壮硕，令人望而生畏，肌肉发达的手臂上布满突起的疤痕。只见鲜血一滴一滴从野猪身上滴下来，滴入树底下的一个提桶。

在树荫底下，有两个女孩穿着鹿皮紧身衣，一边冲洗野猪的肠子，一边咯咯谈笑；旁边还有三个小孩子很认真地在捏土块，并点缀以梧桐叶做成的翅膀；两头造型优美的独木舟停放在水边，周遭的地面上堆满了闪闪发亮的各式鱼类；两条大狗四处觅食，寻找残羹剩饭。

在空地的中央，靠近松树枝燃烧的高大火堆，有一群女人坐在柳枝编织的席子上，一边剥榛树果或挑捡莓子，一边轻声聊天。她们长得都不像荷德或芮恩。托瑞克不禁怀疑，难道他们和他一样都是孤儿？

离他们稍远的地方，有一个老妇人在装箭头，她把磨得像针一样细的石片穿进箭柄上头的孔，然后用松脂和蜂蜡粘住固定。在她上衣的胸口处，缝了一块圆形的骨质护身符，上面镂刻了一个螺旋。从这块护身符来看，托瑞克敢肯定她是一个巫师。爸爸曾经对他提过巫师，他们可以帮人治病，能够梦见猎物的藏身之所，还能预知天气。那个老妇人看起来不像泛泛之辈，她能做的事情肯定不只这些。

在火边，有一个很漂亮的女孩子在炉边煮汤，当她倾身向前，头发被蒸汽吹得卷卷的，手拿着一根分叉的棍子，夹起一些又红又热的石头扔进锅内。不管那是什么汤，阵阵肉香早已让托瑞克垂涎欲滴。

在她身边有一个年长的男子跪在地上，正要把两只兔子穿在炙叉上。他和荷德一样有着红棕色的头发，并留着短短的红胡子，但相像之处仅止于此。他的脸上透着一股震慑人心的沉稳，以及一种神秘的力量，让托瑞克不禁想到石雕像。他让托瑞克看得出神，连炉子传来的香味都忘了。不用任何人说，他就知道这个人必定掌握了极大的权力。

欧斯拉克把他松绑，推到空地中央。两条狗跳起来狂吠乱叫。老妇在手上比画了一个切片的手势，狗的狂吠才缓和下来，转为低声轻吠。大家纷纷盯着托瑞克看，所有的人，除了那个正在火炉边的男子，继续若无其事地穿兔子。一直等他穿好了，这才慢条斯理地把双手往泥土里抹一抹，站起身来，一语不发地等待他们靠近。

那个漂亮女孩看了一下荷德，害羞地笑道："我们为你准备了一些肉汤。"

托瑞克猜想她要么是他的妻子，要么就是对他有意。

芮恩把目光转向荷德，"黛拉缇为你留了一些肉汤。"她故意嘲笑他。

芮恩果然是他的妹妹，托瑞克心想。

荷德不理会她们两个，直接走向火边的男子，向他报告。他很快地交待了事情的来龙去脉。托瑞克发现，他讲得好像捉到小狼都是他一个人的功劳，欧斯拉克完全没有帮上忙。欧斯拉克似乎并不介意，芮恩则对她哥哥投以轻蔑的眼光。

这时候，那些狗早已闻到狼的气味。它们竖起颈背的毛，朝芮恩这边走过来。

"回去！"芮恩加以呵斥，狗听从她的话后退。芮恩走到离她最近的一个营帐。拿出一圈编好的皮绳，把绳子一端绑在装有小狼的袋子口，另一端丢到橡树上，接着把袋子高高挂起，让那些狗完全捕不到。

但我也够不到了，托瑞克心想。现在就算他有机会逃脱也不会离开了，因为他绝对不可能抛下小狼一个人走。

芮恩看了他一眼，歪着头向他咧嘴示威。

他不甘示弱地给她一个愤怒的表情，实际上心中却恐惧到了极点。

荷德已经报告完毕。火边的男子点了一下头，等欧斯拉克把托瑞克推到他面前。他蓝色的眼神摄人心魂，在那张深不可测的脸上，显得格外生动。托瑞克发现很难直视他的眼睛，却更难把视线转开。

"你叫什么名字？"他问话的语调如此平常，更营造出一种恐怖的气氛。

托瑞克舔舔自己的嘴唇。"托瑞克。那，你叫什么名字？"其实他早就知道了。

回答的人是荷德："他是芬·肯丁。乌鸦族的族长。还有，你这个可恶的小混蛋，讲话最好放尊重一点！"

芬·肯丁用眼神叫他闭嘴，然后转向托瑞克："你是哪一族的？"

托瑞克很骄傲地说："狼族。"

"哦，好意外啊！"芮恩取笑地说，其他一些人也在笑。

芬·肯丁并没有笑。他炙热的蓝色眼神始终不离托瑞克的脸。"你在森林这一边做什么？"

"我要去北方。"托瑞克说。

"我跟他说那里现在是属于我们的了。"荷德插嘴道。

"我哪知道啊？"托瑞克说，"我并没有参加氏族大会。"

"为什么？"芬·肯丁问道。

托瑞克没有回答。

族长用犀利的眼神打量他。"你的族人呢？"

"我不知道，"托瑞克是真的不知道，"我从来没有和族人生活在一起。我一直都是——都和我的父亲一起生活。"

"他在哪里？"

"死了。他被一只熊杀死了。"

围观的众人发出惊呼，有些人不禁害怕地四处张望，有些人摸着他们的氏族动物皮毛，或是作出赶走邪灵的手势。那名老妇放下手边的箭，向他们走来。

芬·肯丁依旧面无表情。"你的父亲是谁？"

托瑞克吞了一下口水。他知道芬·肯丁应该也知道在人死后的五年以内，不可以提到这个人自己的名字。倘若一定要提到已逝者，只能说出这个人的父亲和母亲的名字。爸爸几乎从来不提自己的家人，但托瑞克至少知道他们的名字，以及他们的氏族。爸爸的母亲是海豹族，父亲是狼族。托瑞克说出了他们的名字。

"认得。"芬·肯丁带着一种最难隐藏的表情。

他认识爸爸，托瑞克感到惊异万分。问题是，他们怎么会认识？爸爸从来没有提过这个人，也没有提过乌鸦族。这是怎么一回事？

他看到芬·肯丁慢慢伸出大拇指抚摸自己的下嘴唇。完全无法分辨托瑞克的父亲究竟是他的挚友，还是死敌？

等了好一会儿，芬·肯丁终于开口。"把他的东西全部分给大家，"他对欧斯拉克说，"然后把他带到河川下游，杀了他。"

第九节

托瑞克一听这话脚都软了。

"什么？"他失声惊呼，"我根本不知道那头公鹿是你们的！不知者无罪啊！"

"这是法律。"芬·肯丁说。

"凭什么？**凭什么？**你规定的吗？"

"氏族大会规定的。"

欧斯拉克把他巨大的手压在托瑞克的肩膀上。

"不要！"托瑞克大叫，"你听着！这是一条法律，但还有另一条法律，对不对？"他用力吸一口气说："那就是决斗的法律。我们决斗定生死。"他并不是很确定自己有没有说错，爸爸在教他关于氏族的法律时曾经提过一次。但芬·肯丁的眼睛瞪着他。

"怎样，我没说错吧？"托瑞克逼自己回瞪芬·肯丁，"你并不能确定我是不是真的有罪，因为你并不知道我是不是确实知道那头公鹿是你们的。所以我们决斗，你和我。"他说着又咽了一下口水，"如果我赢了，我就是无罪的，我就活。我是说，我和那只小狼。如果我输了，我们就付出性命。"

很多男人听了都笑出来，有一个女人弹了一下自己的弓，然后猛摇头。

"我不跟小孩子决斗。"芬·肯丁说。

"但他说得对，不是吗？"芮恩说，"那是最古老的法律。他有决斗的权利。"

荷德大步往前一站。"让我来。我和他年纪比较接近，这样比较公平。"

"也没公平多少吧。"芮恩冷冷地说。

她正靠着那棵橡树，树上挂着装有小狼的袋子。托瑞克发现她已经松开袋口，好让小狼探出头来。他看起来又脏又湿，好奇地张望底下两条垂涎他的恶犬。

"你怎么说，芬·肯丁？"那位老巫师说："这孩子说的没有错。让他们决斗吧。"

芬·肯丁和她四目交接，两人似乎正在展开一场意志力的对决。然后，他缓缓点了点头。

托瑞克终于松了一口气。

在场的每个人好像都很期待这场即将展开的决斗。他们三三两两聚在一起窃窃私语，不时跺脚踏步，在冰冷的空气里呼出温热的气息。

欧斯拉克把托瑞克父亲的刀丢还给他，"你需要这个。还有一把叉子和一个臂套。"

"一个什么？"托瑞克问道。

眼前的大个子挠挠他被咬掉的耳朵伤疤。"你该不会连怎么决斗都不知道吧？"

"我确实不知道。"托瑞克说。

欧斯拉克觉得这孩子真是有点好笑。他走到最近的一个营帐，拿出了一支桦木制的矛，尖端是玄武岩削成的利刃，还拿了一块很长的三层厚鹿皮。

托瑞克有点狐疑地接过那支矛，然后困惑地看着欧斯拉克把厚鹿皮裹在他的右手臂上。感觉非常笨重，就好像提了一块鹿肉。他完全搞不清楚那是要做什么的。

欧斯拉克看到托瑞克左手臂上的绷带，点了一下头，作出鬼脸说："看来情况似乎对你不利。"

应该还好吧，托瑞克心想。

当他提议决斗的时候，心中所想的是摔跤比赛，顶多再加上掷刀游戏，以前他经常和爸爸一起练习，当时只是为了好玩。显然对于乌鸦族的人来说，决斗完全不是这么一回事。托瑞克心想不知道有什么特别的规定，但又怕问了会被当成是示弱。

芬·肯丁摆弄着营火，顿时溅起许多火花，他的视线穿透炉上的热蒸汽望向托瑞克。

"只有一个规定，"芬·肯丁仿佛猜到托瑞克的心思似的，"不能用火攻。懂了吗？"他的眼神把托瑞克震慑住了。

托瑞克心不在焉地点点头。他现在哪有心情去管能不能用火攻。他看到荷德也包好了手臂护套，并且脱掉了上衣。他看起来非常雄壮威武，令人望而生畏。不用多说，一看就知道和自己形成了多么强烈的对比。

他卸下腰带上的东西，堆在地上。然后用一条草绳绑住前额，以防头发散落影响视线。

有人忽然碰了一下他的肩膀，吓了他一跳。

是芮恩。她手里拿着一个桦树皮做的杯子。

他很感恩地接过杯子，一饮而尽。他惊喜地发现里面是补充元气的接骨木浆果汁，浓郁可口，让人精力倍增。

芮恩看到他惊讶的表情，只是耸耸肩。"荷德也有。公平起见。"她说着指了指火边的一个桶，"如果你需要的话，那边有水。"

托瑞克把水杯递还给她，"我大概撑不了那么久吧。"

她略微迟疑地说："那也不一定。"

现场顿时安静下来。围观的人在空地周围形成一个圆圈，把托瑞克和荷德围在中间的营火旁。没有正式的宣布，决斗已经开始。

他们两个杀气腾腾，绕着营火转圈。

荷德的身材虽然魁梧，移动的方式却有如山猫一般优雅，双膝灵活转动，不断调整手指在刀和矛上的位置。他脸上的表情绷得很紧，但嘴角隐约露出一丝笑意。他显然非常享受全场注视的目光。

托瑞克完全笑不出来，心砰砰地跳。他隐约听见围观的众人在替荷德加油，但听起来好遥远，仿佛自己此刻已然置身深水中。

荷德的矛往他的胸口刺过来，他及时低下身子闪躲，感觉到额头冒出豆大的汗珠。

托瑞克也用同样的招数，希望别人不要看出来他只是在模仿。

"模仿没什么用的。"芮恩叫道。

托瑞克的脸一下子红了。

他和荷德的动作都愈来愈快。有些地面因为沾到野猪的血而黏糊糊的。托瑞克的脚一打滑，几乎跌倒。

他知道自己必须以智取胜。问题是他只知道两招，而且已经很久没有练习了。

有了，他忽然想到，矛头作势往荷德的喉咙刺去。如他所料，荷德举起他包有臂套的手来抵挡。托瑞克立刻低下矛，改朝他的肚子攻去，却被轻松躲过，托瑞克的矛只是扫过荷德的臂套，他毫发无伤。

他早知道这招，托瑞克心想。从每一个动作看来，荷德都是一个决斗行家。

"快啊，荷德，"一个男子叫道，"给他见血。"

"给我一点儿时间！"荷德歪着嘴巴吼回去。

这引起一阵笑声。

托瑞克又使出第二招。装出一副完全无能的样子，这一点儿也不难，他胡乱挥舞，故意让胸口的门户大开，诱导荷德来攻。荷德果然中计，但当他的矛攻过来的时候，托瑞克以手臂的护套相迎。荷德的矛刺入厚厚的护套里，几乎让托瑞克失去重心，但他依照原定计划，忽然把整个手臂往外弯，荷德的矛顿时断成两半。围观者发出哀鸣。荷德失去了矛，摇摇晃晃地往后退。

托瑞克也很吃惊，没想到会奏效。

荷德很快恢复镇定。手握短刀往托瑞克持矛的那只手攻过来。刀子刺入托瑞克的大拇指和食指之间，他不禁失声尖叫。托瑞克重心不稳，失手把矛掉在地上。荷德又攻过来。托瑞克及时滚开，赶紧爬起身来。

现在两个人都没有矛了，同样手持短刀。

为了争取喘息的时间，托瑞克跑到营火的后方。他的胸口不断喘息，原本就受伤的手阵阵刺痛。汗流两颊，他很后悔没有学荷德把上

67

衣脱掉。

"快啊，荷德，"一个女人叫道，"把他解决掉！"

"快啊，荷德！"一个男人吼道，"难道他们在森林深处只教你这些吗？"

不过，这个时候，已经不是所有的人都在替荷德加油了。也有一些零星的加油声是给托瑞克的，尽管那或许并非真心的鼓励，只是没想到他竟然可以撑这么久，所以有点惊讶。

但他自己知道再也撑不了多久了，因为很快就会筋疲力尽，招数也用完了。荷德已然占了上风。

"对不起，"他悄悄告诉小狼，"我们恐怕无法活着离开这里了。"

从眼角的余光，他瞥见小狼被高高悬在树上，身子扭来扭去，嘴里发出低鸣，冒出一朵一朵热蒸汽。**"发生什么事了？"**他在问，**"你怎么还不快来解救我？"**

托瑞克赶忙跳到一边，避开了对方刺向他喉头的刀。专心一点儿，他咬紧牙根告诉自己。先别管小狼了。

但是，总觉得有什么不对劲——关于小狼。是什么？

他转头去看狼，只见他在树上低吠，嘴里冒着蒸汽。

"不准用火。"芬·肯丁这么说。

突然间，托瑞克想清楚了，他知道应该怎么做了。于是，他挥刀虚击，跳到一边，让营火再度隔在他和对手之间。

"又想躲了？"荷德奚落他。

托瑞克在桦树皮做成的水桶边摇头晃脑。"我想喝口水，总行吧？"

"如果你非喝不可的话，小鬼。"

托瑞克眼神不离荷德地蹲下身子舀了口水喝。他故意把动作放得很慢，好让荷德觉得他想用水桶搞鬼，而完全忽略炉火上已经烧滚的汤锅。

荷德果然中计。他走近火边，靠过身来，想要威吓托瑞克。

"你也想喝一口吗？"托瑞克依然蹲着。

荷德轻蔑地对他嗤之以鼻。

突然间，托瑞克跳起来——却是对着汤锅出手。他把刀子击向锅子厚重的底部，用力一翻，热汤全部倒在早已烧得灰白的木炭上。嗤！一阵烟雾滚滚翻腾，往上直冲荷德的脸。

围观者发出惊呼。托瑞克逮住机会，捉住对方的手腕。荷德眼前一片模糊，发出痛苦的怒吼，刀掉落地面。托瑞克一脚把刀子踢开，整个人冲向荷德，把他扑倒在地。

荷德在地上打滚，托瑞克立刻往他的胸口一坐，双膝跪压在他的手臂上。在怒吼的瞬间，他眼前闪过一道迷蒙的红光，那正是杀戮的冲动。他抓住眼前那把深红色的头发，发疯似地把荷德的头撞到地面。

然后，他感觉有一双强壮的手捉住他的肩膀，把他往后一拉。"结束了。"芬·肯丁在他的身后说。

托瑞克被他紧紧捉住，于是拼命挣扎，荷德立刻跳起身来，蹒跚地要去拿他的刀。两人再度正面交锋，气喘吁吁地互相瞪着。

"我说**结束了**。"芬·肯丁喝道。

围观者喧嚣四起，现场一片混乱。他们不觉得已经结束。"他作弊！他用火！"

"不，他赢得很公平。"

"谁说的？他们要再比一次！"

托瑞克和荷德对这项提议都感到惊骇万分。

"这男孩已经赢了。"芬·肯丁松开托瑞克的肩膀。

托瑞克摇了一下自己的身体，伸手擦掉满头的大汗，紧盯着荷德把刀放入刀鞘。荷德显然怒不可遏，尽管托瑞克实在分不清他是在气自己还是在气托瑞克。黛拉缇伸手去摸他的手臂，却被他愤怒地推开。他一路推开了围观的其他人，自己走进某一个营帐内。

托瑞克的杀气一消退，立刻觉得头晕目眩。他把刀子放回刀鞘，环顾四周找自己的东西，却发现芬·肯丁在看他。

"你破坏规矩，"这位乌鸦族族长对他说，"你用了火。"

"我没有，"托瑞克理直气壮地说，"我没有用火，我用的是蒸汽。"

"我真希望，"芬·肯丁说，"你倒下的是水而不是肉汤，这样真是浪费美食。"

托瑞克没有回答。

芬·肯丁仔细端详他，有一瞬间，他蓝色的眼睛里闪过一丝欣赏的笑意。

欧斯拉克穿过人群，扛着装有小狼的袋子。"这是你的小狼！"他非常大声地说，并用力把袋子往托瑞克身上一推，害他差点站不稳。

小狼窜出来，舔舐托瑞克的下巴，并一股脑地向他哭诉这一切真是太可怕了。托瑞克想要说一些话来安慰他，但及时阻止了自己。这时候如果不小心泄露身份，就得不偿失了。

"我们信守承诺，"芬·肯丁轻快地说，"你赢了，可以自由离开。"

"不可以！"忽然有一个女孩大叫，所有的人都把头转过去，是芮恩。"你不能让他走！"她边吼边跑过来。

"他已经说了，"托瑞克反驳她，"你都听到了，我自由了。"

芮恩对她的叔叔说："我们不能让他走。这太重要了。他可能就是……"她把芬·肯丁拉到一边去，很紧张地对他耳语。

托瑞克没办法听到她在说什么。更让他生气的是，大家都往前靠过去听。只见那位老巫师沉下脸来点点头。荷德也已经从营帐里出来，当他听到他们说的话时，立刻向托瑞克投以一个充满警惕的怪异眼神。

芬·肯丁仔细端详着芮恩。"你能肯定吗？"

"我并不知道，"她说，"或许他是，或许他不是。我们必须花一点儿时间确定。"

芬·肯丁摸摸他的胡子。"你为什么会怀疑？"

"就是他击败荷德的方式啊。还有，我在他的东西里找到这个，"她张开手心，托瑞克看到那是他削的鸡骨哨子。"这是做什么用的？"她问他。

"用来叫小狼的。"他回答。

她吹了一下，小狼在托瑞克的怀里扭动着。人群中隐约有一股不安。芮恩和芬·肯丁交换了一个眼神。"没有声音。"她抱怨地说。

托瑞克不说话。他很震惊地突然发现她的眼睛并不像她哥哥一样是浅蓝色的，而是黑色的，像煤坑一样的黑。他心想难道她也是巫师？

她转过身来对芬·肯丁说："除非确定，否则我们不能让他走。"

"她说得对，"老巫师说，"你我都知道那个说法，大家都知道。"

"什么，说了什么？"托瑞克央求着，"芬·肯丁我们约定好的！我们说好只要我赢了，我和小狼就可以自由离去！"

"不，"芬·肯丁说，"我们说好的只是你们可以活。至少到目前为止。欧斯拉克，再把他绑起来。"

"不要！"托瑞克叫道。

芮恩抬起下巴说："你说你的父亲被一只恶熊所杀。我们知道那只熊。我们当中的有些人也见过那只熊。"

站在她身边的荷德忽然发起抖来，开始咬自己拇指的指甲。

"大概一个月以前，那只熊来过，"芮恩冷静地说，"它就像一个黑暗的影子降落在森林里，肆无忌惮地杀戮，甚至也杀害其他的猎食者。狼、山猫。就好像它在寻找什么。"她停顿了一下，"然后，十三天以前，它消失了。有一个野猪族的逃亡者说它去了南边。我们

71

以为它走了，感谢氏族的守护灵。"她停顿了一下，"但现在，它又回来了。昨天我们的侦察队从西边回来，听说发现了很多的残忍杀戮，就在海边。鲸鱼族的人说，三天前，它抢了一个小孩。"

托瑞克舔了一下嘴唇。"那关我什么事？"

"我们族里有一个预言，"芮恩不理他，自顾自地说，"**一个影子攻击森林，无人足以抵挡。**"她忽然停住，紧皱眉头。

老巫师接着她的话说："**直到倾听者到来。他以气战斗，以沉默言语。**"她说着望向芮恩手里的哨子。

每个人都不发一语，紧盯着托瑞克。

"我才不是你们的'倾听者'。"他说。

托瑞克想了一下那则预言。"倾听者以气战斗……"那正是他做的：他用了蒸汽。"他后来怎么了？"他很小声地问，"那个预言中的倾听者，他后来怎么了？"他有一个很坏的预感，一定没什么好下场。

空地上的沉默变得紧张。托瑞克的眼睛从大家恐惧的脸上移到欧斯拉克系在腰间的石刀。他看了一下那头被倒挂在树上的野猪，只见它黑色的血正一滴一滴落入树底下的水桶里。他感觉芬·肯丁在看他，于是转过去盯着他炙热的蓝色眼睛。

"倾听者，"芬·肯丁引述预言，"**将他心的血奉献给圣山，影子于是彻底瓦解。**"

他心的血。

在树下，血一滴一滴流入桶内。

一滴，一滴，又一滴。

第十节

"你们想对我怎么样？"托瑞克对欧斯拉克说。后者正把他的手腕捆绑在背后，然后绑到柱子上。"你们究竟想要怎样？"

"你很快就会知道了，"欧斯拉克说，"芬·肯丁希望在黎明前决定。"

黎明，托瑞克心想。

他转过头一看，欧斯拉克正在用一根短短的生皮绳把小狼绑在同一根柱子上。

他的上下排牙齿不禁开始冷得打架。"是谁在决定我的命运？为什么我不能在场提出辩驳？营火边的那些人是谁？"

"啊！"欧斯拉克惊呼一声，吸着自己被咬到的手指。"芬·肯丁先前就已经派出快脚去召集氏族大会，好商议那只熊的事情。现在他们也要决定怎么处置你。"

托瑞克瞧着那些站在主营火边的人：大概有二三十个男人和女人，他们的脸在火光的映照下发亮。他觉得自己大概死定了。

黎明，在黎明之前，他一定要想办法逃离这里。

但要怎么逃呢？他坐在地上，被绑在营帐里的一根柱子上，没有武器，也没有背包，就算挣脱，也难免惊动整个营里的人。现在黑夜已经降临，营帐四周点起了一圈营火，守夜的男人拿着长矛和桦树皮制的号角严密监控。芬·肯丁对那只熊的事情非常谨慎。

欧斯拉克猛力拉掉托瑞克的靴子，把他的脚踝绑在一起，然后拿着托瑞克的靴子走了出去。

托瑞克听不到氏族大会的谈话内容，但至少可以看到他们，这多亏了乌鸦族营帐的特殊构造。营帐是用驯鹿皮制的屋顶，挂在他的身后，但前面完全没有墙，只有一片交叉的栅栏，这样可以阻隔营帐前燃烧的营火所冒出的烟，却保留了火的温热。

托瑞克很迫切地想知道大会进行的情况，只见大家一一站起来发言。一个肩膀很宽的男子拿着一把巨大无比的斧头；一个留着棕栗色长发的女子，盘起鬟髻，在鬟角处抹着红土固定；还有一个眼神充满野性的女孩，头发上抹了一些奇怪的黄土，看起来就像是粗糙的橡树皮。

托瑞克的眼睛没办法看到芬·肯丁，但他看到离众人稍微远一点的地方，老巫师盘腿坐在尘土中，正看着一只很有光泽的大乌鸦。这只大鸟无所畏惧地仰首阔步，走来走去，偶尔发出粗糙的叫声"呱！"

托瑞克怀疑那就是他们的氏族守护灵。它在对她说什么？要怎么把他送上祭坛吗？要像鲑鱼一样先取出内脏吗？还是像兔子一样穿起来烤？他从来没有听说过氏族会举行活人祭典，除了远古时代海啸之后的黑暗期！不过，搞不好是他孤陋寡闻，他以前也从未听过乌鸦族。

"芬·肯丁希望在黎明前决定……**倾听者将他心的血奉献给圣山……**"

难道爸爸早就知道这则预言？不可能，他不可能让自己的儿子去送死。

但是，他却要托瑞克发誓找到圣山。他说，**以后不要恨我**。

以后，等你发现以后。

小狼的舌头在他的手腕上舔，把他拉回到现实。小狼喜欢生皮的味道。托瑞克的心中燃起一丝希望。如果可以让小狼咬断绳子，而不只是舔……

正当托瑞克在想要怎么用狼的话跟他说时，火边有一个人站起身来，并且朝他走过来。是荷德。

托瑞克很紧张地叫小狼停止。他饿坏了，完全不听话，继续舔着皮绳。

不过，荷德根本对小狼在做什么没有兴趣。他只是站在营帐外的小营火边，咬着他拇指的指甲，并一直盯着托瑞克。"你才不是什么'倾听者'"，他龇牙咧嘴地叫着，"你不可能是。"

"那你快去跟他们说啊。"托瑞克回嘴。

"我们才不需要一个小鬼头来帮忙杀熊，我们自己可以办到。我就可以办到。我会拯救整个氏族。"

"你打不过它！"托瑞克说。他感觉到小狼开始用尖锐的前排牙齿在咬皮绳，所以他尽量让自己的身体维持不动，以免打断他咬绳子的动作。他祈祷荷德不要看到他的后面，以免发现小狼在做什么。

幸好荷德的情绪很激动，根本无暇注意这些。他焦虑地走来走去，然后又转向托瑞克。"你看到过，对不对？你看过那只熊。"

托瑞克有点儿被他吓一跳。"我当然看过。它杀了我爸爸。"

荷德偷偷看了一下自己的背后。"我也看过。"

"在哪里？什么时候？"

荷德不禁畏缩着身子，仿佛有人要打他似的。"我当时在南方。和红鹿族的人在一起。我正在学习巫术，莎恩，"他说着朝那个看乌鸦的老妇点了一下头，"也就是我们的巫师，希望我去学。"说着他又开始咬拇指的指甲，甚至咬到流血。

"当熊被捉的时候，我在场。我看到它被造成……"

托瑞克瞪着他，"造成？你在说什么？"

但荷德已经走了。

午夜已过。垂死的月亮升起，氏族大会却依然进行着。小狼还是舐咬着皮绳，可是欧斯拉克把绳子绑得很紧，每个结都打得很结实，让小狼一直咬不开。继续咬，不要放弃，托瑞克悄悄地央求他。请不要放弃。

他太害怕了，根本忘了饥饿，但他开始感觉到决斗后的全身淤青酸痛，肩膀也因为被绑了太久而疼痛。这时候就算小狼把绳子咬断了，他也不确定是否还有力气逃走，或是躲得过那些族人的耳目。

他一直在想荷德刚才说的话。"我看到它被造成……"

还有别的。荷德当时和红鹿族的人在一起，而托瑞克的母亲正是红鹿族的。她很早就过世了，当时的托瑞克还太小，对母亲完全没有印象。但若乌鸦族的人和母亲的氏族很友善的话，或许看在这个份上会放他一条生路。

外面传来靴子在尘土上走的沙沙声。快，不可以让他们发现小狼在咬皮绳。

托瑞克才发出短促的"嗷呜"声来警告小狼——幸好他这次很听话。芮恩就已经出现在营帐口，嘴里还咬着一只烤兔腿。

她锐利的眼神先看向小狼无辜地坐在他背后的模样，然后转向托瑞克，托瑞克也紧盯着她，但愿她不要再靠过来。

他把头转向氏族大会的方向，问她在场的人中是否有狼族的人。

她摇摇头，"这年头已经没有多少狼族的人。所以不必妄想会有人来救你，趁早打消念头吧。"

托瑞克没有回答。他刚才偷偷扯了一下绑在手腕上的皮绳，感觉确实比较松。有一种弹性，生皮沾湿以后通常都是如此。他真希望这个芮恩快走开。

她却仍站在原地不动。"没有狼族的，"她边大口地吃兔腿边说，"但是其他族的倒是不少。那个'黄土头'是野牛族。他们是森林深处的人，他们很喜欢祈祷。这也是他们针对熊所提出的对策，诚心对'世界灵'祈求。那个拿斧头的人是野猪族。他提议建一道火墙，把熊逼到海边。那个鬓角抹着大地之血的女人是红鹿族的。我不确定她的看法如何。他们很难猜。"

托瑞克搞不懂她为什么要说这么多。她究竟想怎样？

不管她有何意图，托瑞克决定顺水推舟，以免她去注意狼的动静。于是他说："我的母亲就是红鹿族的。或许那个女人是我的亲戚。或许——"

"她说不是。她不会帮你的。"

他想了一会儿，"你们的族人和红鹿族很友好，不是吗？你哥哥曾经和他们一起学习巫术。"

"那又如何？"

"他跟我说他看到那只熊被'造成'。那是什么意思？"

她露出不信任的眼神。

"我想知道，"托瑞克说，"它杀了我父亲。"

芮恩端详着手上的兔腿，"荷德寄住在他们那边。你总应该知道什么叫寄住吧？"她带着一丝嘲讽的语气，"就是住在其他氏族那边一段时间，结交朋友，或是寻找配偶。"

"我听说过，"托瑞克说。在他背后，他感觉到小狼又在嗅他的手腕。他企图用手指把他推走，但不管用。不要现在，他心想。拜托不要现在。

"他和他们住在一起九个月，"芮恩说着又咬了一口兔腿，"他们是森林里最擅长巫术的氏族。所以他才会去。"她很严肃地噘着嘴，"荷德喜欢抢当第一。"然后她忽然皱起眉头，"那只小狼在做什么？"

"没什么，"托瑞克慌张地说。他用很不自然的声音对小狼说："走开，走开啦。"

结果，小狼当然不理他。

托瑞克转头看着芮恩，"那后来呢？发生了什么事？"

她又看了小狼一眼，"你问这么多干什么？"

"你为什么要来跟我说话？"

她的脸顿时面无表情。她和芬·肯丁一样善于隐藏情绪。

她仔细地挑出夹在牙缝间的一丝兔肉。"荷德并没有和红鹿族的人在一起很久，"她说，"因为后来来了一个陌生人……一个来自柳族的浪人，在狩猎中意外残废。至少这是他的说法。红鹿族收容了他。可是他——"她有点迟疑，顿时看起来年轻许多，不再那么自信。"他背叛了大家。他并不是单纯的浪人，他会用巫术。他在森林里弄了一个秘密基地，然后召唤出一个厉鬼。并且，把它困在一只熊的身体里。"她停了一下，"荷德发现了，但已经太迟了。"

在营帐后方的影子好像变得更深了。在森林的远处，传来一只狐狸的惨叫。

"**为什么?**"托瑞克问，"这个浪人为什么要这么做?"

芮恩摇摇头，"谁知道?可能是想要一个生灵听候他的差遣，但却出了差错。"火光在她的黑眼睛里闪耀，"一旦厉鬼进入熊的身体。它就变得太强大，完全不受控制。一连杀了三个人，后来，红鹿族才设法把它赶走。而那个残废的浪人也失踪了。"

托瑞克沉默了。耳边唯一的声音是树在夜风中呢喃，还有小狼在舔皮绳时所发出的锉磨声。

小狼的牙齿不小心咬到了托瑞克的皮肤。托瑞克下意识地给了他一声警告性的嗥叫。小狼立刻往后退，咧嘴表示道歉。

芮恩惊呼："你可以和他说话?"

"我没有!"托瑞克赶紧叫道，"我没有。你搞错了——"

"我**全看到了**，"她的脸色更加苍白，"果然就是你。预言是真的，你就是'倾听者'。"

"我不是!"

"你跟他说了什么?你在玩什么把戏?"

"我跟你说，我没有——"

"我不会让你有机会，"她低声说，"我不会让你使出对我们不利的诡计。芬·肯丁也不会。"她说着拔出刀来，割开了套住小狼的绳子，把他抱在怀里，拔腿就往举行氏族大会的空地跑去。

"回来!"托瑞克叫道。他很生气地扯着手上的皮绳，但无法挣脱。小狼来不及把皮绳咬断。

托瑞克顿时被恐惧笼罩。他原把希望寄托在小狼的身上，而今他却被抱走了。黎明将至，鸟儿开始在林间飞动。

他再次拉扯手腕上的皮绳，还是很紧。

在林间空地的那一端，只见芬·肯丁和那个名叫莎恩的老巫师站起身来，朝他走了过来。

第十一节

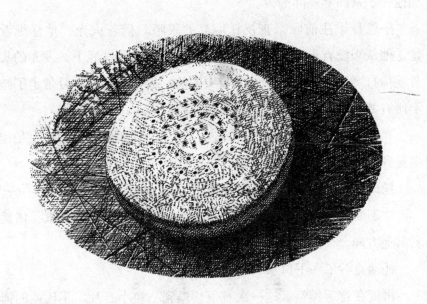

"你知道多少？"芬·肯丁说。

"我什么也不知道，"托瑞克说，眼睛瞥见乌鸦族领袖腰际那把锯齿状的骨刀。"你们要把我送上祭坛吗？"

芬·肯丁并没有回答。他和莎恩两人蹲在营帐门口的两端，直视着他，像看一只待宰的猎物。

他的手在背后摸索，希望找到一些用得上的东西，不管是什么，只要能够把绳子割断。他的手指只碰到了一张柳枝编的席子，派不上用场。

"你知道多少？"芬·肯丁又问了一次。

托瑞克深深吸了口气。"我不是你们的'倾听者'，"他试图心平气和，"我怎么可能会是？我从来就没有听说那则预言。"但他自己心里也不禁纳闷，芮恩为什么这么确定？就算我会跟狼说话，和这件事又有什么关联呢？

芬·肯丁把头转到一边去。他的表情还是让人猜不透。托瑞克看到他的手紧握着腰际的刀。

莎恩身子往前倾，直视托瑞克的眼睛。借着火光，他仔细看着她。他从来没有见过这么老的人。在她稀疏的白发底下，发光的头盖骨就像打磨过的骨制品。她的脸尖尖的，很像鸟类。岁月带走了她脸上所有的温柔感受，只剩下凶恶的乌鸦本质。

"据芮恩所言，"她严厉地说，"你可以和狼讲话。那也是预言里提到的，只不过我们刚才没有告诉你。"

托瑞克盯着她。"那是芮恩搞错了，"他说，"我并不会……"

"不要说谎，"芬·肯丁说这句话的时候并未转过头来，依然看着其他方向。

托瑞克吞了一下口水。

再度在背后摸索。这一次有了！摸到一块小石片，不比他的拇指大，或许是有人在削石刀的时候遗落的。他用手指把它包起来。真希望芬·肯丁和莎恩赶快回去开氏族大会，让他有空割开绳索。然后，要去找芮恩究竟把小狼藏到哪里，然后还要避开那些族人。

他愈想愈没力。倘若没有神助，这一切恐难办到。

"你想知道，"莎恩说，"你为什么会说狼的话？"

"莎恩，这样有什么用？"芬·肯丁说，"根本就是浪费时间。"

"应该有人告诉他，"老妇人说完忽然沉默了。然后，她伸出一只很像爪子的泛黄手指，抚摸胸前的护身符，顺着上面的螺旋纹路转动。

托瑞克盯着她的爪子转啊转，开始觉得头晕。

"很多很多年以前，"这位乌鸦族的老巫师说，"你的父母为了躲避仇家而离开了氏族。他们到了很遥远的森林深处，置身絮叨不休的绿色树灵之间。"她的手指依然转动着，慢慢将托瑞克拉回了过去。

"你出生三个月后，"莎恩继续说，"你的母亲去世了。"

芬·肯丁这时站起身来，双手交叉在胸前，凝视着营帐外的黑暗。

托瑞克眨了一下眼睛，仿佛大梦初醒。

莎恩看都没有看芬·肯丁一眼。她全神贯注在托瑞克的身上。"你还只是襁褓中的婴儿，"她说，"你的父亲没办法喂你吃东西。通常，当这种情况发生，做父亲的会把婴儿闷死，以免孩子活活饿死更痛苦。但是，你的父亲找到了其他方法。一只刚生产的母狼。他把你放进了狼窝。"

托瑞克一时难以相信。

"你在狼窝里和母狼一起待了三个月。三个月的时间学习狼说的话。"

托瑞克紧握着小石片，甚至刺入了自己的手心。他可以感觉到，莎恩说的话句句属实。这就是他可以和小狼对话的原因。这就是当他发现狼窝时竟会浮现那些景象的原因：在窝里扭动的一群小狼、营养

83

丰富的奶水。

可是，莎恩又怎么会知道这一切？

"我不信，"他说，"这是陷阱。你怎么会知道，你又不在场。"

"你父亲告诉我的。"莎恩说。

"不可能。我们从不靠近人群。"

"但你们有一次。五年前。你不记得了吗？就是那次在海边举行的氏族大会。"

托瑞克的心脏愈跳愈快。

"你的父亲来找我，并且把你的事情告诉了我。"她的手指终于在胸前停止转动。"你和其他人不一样，"她以乌鸦般沙哑的声音说道，"你就是'倾听者'。"

托瑞克再度紧握着手上的小石片。"我……我不是。我不懂。"

"他当然不懂，"芬·肯丁转过身说道，他面对托瑞克，"你的父亲完全没有告诉你这些事，对不对？"

托瑞克点头。

乌鸦族的族长沉默了片刻。他的脸看起来很沉静，但托瑞克感觉到他那张面具般的面容底下，正在进行愤怒的交战。"你只需要知道一件事，"芬·肯丁说，"那就是，那只熊杀你父亲并非偶然。它正是因为你父亲才被造成的。"

托瑞克的心脏简直要停止跳动了。"因为我父亲？"

"芬·肯丁——"莎恩想要警告他。

乌鸦族的族长给她一个锐利的眼神。"是你说他应该知道。那我就干脆告诉他。"

"可是，"托瑞克说，"是那个残废的浪人——"

"那个残废的浪人，"芬·肯丁打断他，"是你父亲的死敌。"

托瑞克身子往后靠在柱子上。"我的父亲才没有敌人。"

乌鸦族族长的眼睛里露出险恶的凶光。"你的父亲并不只是一个狼族的猎人。他是狼族的巫师。"

托瑞克几乎忘了呼吸。

"他连这个也没告诉你，是吗？"芬·肯丁说，"没错。他确实是狼族的巫师。而就是因为他，这个恶熊才会在森林里肆虐。"

"不！"托瑞克喃喃说，"这不是真的。"

"他什么事都没让你知道，是吗？"

"芬·肯丁，"莎恩说，"他只是想要保护——"

"是啊，结果是什么？"芬·肯丁转身面对她。"一个什么都不知道的小鬼！你却要我相信只有靠他才能——"他说到这里就住口了，只是摇着头。

接着是一阵紧张的沉默。芬·肯丁深吸一口气。"造出那只熊的人，"他很快地告诉托瑞克，"只有一个目的。他造出那只熊只是为了杀死你父亲。"

当托瑞克终于利用小石片把自己手腕上的皮绳割断时，东方的天空已经开始亮了起来。时间分秒必争。芬·肯丁已经和莎恩一起回去开氏族大会了，他们还陷在激烈的辩论当中，但随时会作出处置他的决定。

接着他费了好大的气力才割开绑在脚踝上的绳子。脑子里乱哄哄的。"你父亲把你放到母狼的窝里……他是狼族的巫师……他是被谋杀的……"

小石片在他的手汗中滑落，掉在地上，他四下摸索着。至少绳子已经割开了。他伸展一下脚踝，几乎痛得叫出声来。因为被绑着盘腿坐太久，双腿简直就要抽筋了。

但再怎么痛也比不上他的心痛。爸爸原来竟是被谋杀了，被那个残废的浪人给谋杀了，他造出这只被恶魔附身的熊只是为了追杀

爸爸……

这怎么可能？一定是弄错了。

但在内心深处，托瑞克知道这一切都是真的。他想到爸爸垂死时脸上严酷的表情。**它很快就会来找我**，他这么说。他早就知道那是他的仇敌所为，他早就知道熊被造成的原因。

一时之间实在难以接受这些沉重的事实。托瑞克觉得自己原本的世界一下子崩溃了。那种感觉就好像正站在结冰的湖面，望着脚下的裂缝愈来愈大，随时准备掉下去，灭顶之灾。

脚踝的痛楚把他拉回到现实，他试着用按摩来缓和疼痛，恢复血液的流通。他的赤脚冷冰冰的，可是没有办法，因为他并不知道欧斯拉克把他的靴子藏到哪里去了。

他必须设法在众多耳目的监控下溜出营帐，还得穿越空地边缘的榛木林。他必须设法躲过族人的巡逻。

这太难了。一定会被发现。必须设法把他们引开……

在营帐远处的一端，忽然有一声寂寞的嗥叫飘荡在雾蒙蒙的晨空中。**你在哪里？**小狼呼叫着，**你这次为什么要丢下我？**

托瑞克整个人定住了。他随即听到营里的那些狗大声嚷叫。他看到氏族大会的人纷纷站起来跑去察看。他知道小狼已经给了他逃走的机会。

必须把握时机。他迅速溜出营帐，窜入幽暗的榛木丛。眼前只有一条路。尽管有一千个、一万个不愿意。他必须丢下小狼了。

第十二节

当托瑞克穿过柳树林的时候，只觉得凛冽的风刺痛了自己的喉咙。碎石刺伤了赤裸的双脚，他的脚鲜血斑斑。但他根本没有注意到。

多亏了小狼，他才得以顺利逃出营帐，但好运没维持多久。在他的身后传来了一阵沉重的隆隆声。追兵吹响桦树皮做成的号角，他听到人们的嘶吼和猎犬的吠叫。乌鸦族的人已经追来了。

当他滑行过河并冲进一片高高的芦苇中，刺藤刮破了他的裤套。他的小腿泡在冰冷的黑色泥浆里，他伸手捂住自己的嘴巴，免得嘴巴冒出的蒸汽泄露了藏身所在。

幸好他在那些追捕者的下风处，但他早已满身大汗，而且手里还抓着原本绑在他脚踝上的皮绳，那些猎犬很容易闻到他的气味。他拿不定主意是不是要赶紧把绳子丢掉，还是留着以备不时之需。

他很困惑，仿佛有一条愤怒的河川在他的脑海里奔流。他没有靴子，没有背包，没有武器，也没有材料制作新的武器，他一无所有，除了脑子里的知识和一双巧手。就算他真的逃脱了，接下来又该如何？

突然间，在号角声之外，他听到了一声狼嗥。**你在哪里？**

一听到这个声音，托瑞克的心马上明白过来，他不能丢下小狼，一定要设法救他。

他真希望可以回应小狼的嗥叫，好告诉他——**我来了。不要怕。我绝对不会抛弃你。**但他不能出声。他必须赶快爬上河岸，否则双腿会失去知觉，再也无法逃走。他脑子闪过无数的念头。

乌鸦族的人认定他会往北走，因为他在被俘虏的时候是这么说的。所以他决定就这么做，先往北走一小段，然后再偷偷折返，回到营帐去设法救小狼脱困。希望乌鸦族的追兵会被他引到北方去。

再往下游一点儿的地方，忽然传来树枝断裂的声音。

托瑞克急忙转过身子。

很轻的涉水声，很低的咒骂声。

他从芦苇间往外瞧。

大约在下游十五步的距离，有两个男人从河岸悄悄往芦苇丛这边走过来。他们非常缓慢地往前移，准备要猎捕他。其中一个人手里拿着一把比托瑞克还要高的弓，并且箭已在弓上，蓄势待发。另外一个人握着一把玄武岩的斧刀。

躲在芦苇丛真是大大失策。如果他继续待在这里，肯定会被捉，如果想要游过河，肯定会被发现，然后像鱼一样被刺穿身体。他必须躲回到森林的隐蔽处。他尽可能不出声地爬到河岸。岸边都是浓密的柳树林，很隐蔽，但也非常陡峭。他脚下的红土被踩碎。万一他掉落河里，一定会发出声响，被听到……

当他伸手抓住岸边的沙土时，果然有一些碎石掉落河里。幸好桦树号角的隆隆声盖住了水波声，那两个人并没有听到。

他胸口不断起伏，拼命爬了上去。现在开始往北走。天空乌云密布，所以他无法从天色判别方向，但既然河流是往西的，他知道只要一直让河流在自己的后方，就大致可以往北方走了。

他开始通过一大片浓密的杨树和桦树林，并刻意把那一条生皮拖在地上，以便留下强烈的气味。

在他的背后传来一阵猎犬的狂吠，声音近得吓人。他太早把生皮拖拽在地，那些狗已经捕捉到气味了。

慌乱之际，他急忙爬上最近的树，那是一棵细长的杨树，并及时把生皮绳卷成一个球，用力往河那边丢过去。就在这时候，只见一条红色的巨犬冲过了刺藤叶丛。

巨犬在他藏身的树下蹭了一会儿，嘴角挂着一圈唾液。显然闻到了生皮绳的味道，就往河边飞奔过去。

"那边！"下游那边传来呼声，"有一条猎犬追踪到气味了。"

三个人从托瑞克藏身的杨树下跑过，气喘吁吁地企图跟上那条飞奔的猎犬。托瑞克紧抱着树干。万一他们抬头往上看……

幸好他们不断往前跑，然后消失了踪影。过了一会儿，托瑞克听到微弱的泼水声，一定是他们在芦苇丛中搜寻。

他在树上等了一下，以免仍有追兵，确定没有之后，他才跳下树来。

他穿过杨树林往北方跑了好一会儿，拉长自己和河岸之间的距离，然后他骤然停下脚步。现在必须改往东边走，以便回到营帐，但前提是必须甩掉那些猎犬。

他着急地东张西望，看有什么东西可以掩盖他的气味。鹿的排泄物？没用，那样还是会被狗追。蓍草叶？或许可行。蓍草叶有一种浓郁的核果香味，应该可以盖住他的汗味。

在一棵榉树的脚下，他又发现了一堆狼獾粪便：缠绕着、掺杂些许毛发，而且闻起来有够污浊，把他熏得流眼泪。这个更好。他强忍作呕的感觉，把那坨粪便抹在自己的脚板、小腿和手上。狼獾的体型中等，不是很大，但它们非常好斗，而且往往会赢。那些猎犬应该不想惹它们。

号角的隆隆声忽然停了。

瞬间的沉默撞击他的耳膜。他在恐惧中发现小狼的嗥叫声也停了。他没事吧？那些乌鸦族的人应该不至于伤害他吧。

托瑞克奋力穿越灌木丛，朝营帐前进。地势开始隆起。湍急的河水在长满青苔的大圆石之间流动。

再往前一点儿，炊烟袅绕在灰色的天空。他一定是很接近营帐了。他压低身子，紧张地听着湍急的溪水之外是否传来追兵的声响。他随时准备听见有人拉弓射箭的声音，随时准备会有一只锐利的箭刺入他的肩膀。

没有动静。或许他们真的中计了，都跟着他刻意留下的踪迹往北去。

在树林之间，他看到眼前有一个很大的隆起物。托瑞克伏下身子。他已经猜到那是什么，但愿不是真的。

蠹立在他眼前的家就像是一只巨大的蟾蜍。比他的人还高一个头，而且长满了青苔和蓝莓灌木丛。后面还有两个比较小的冢。周遭则长满了茂密的紫杉树丛，以及挂满常春藤的冬青树林。

托瑞克的脚步迟疑了，思考究竟应该怎么做。以前他和爸爸曾经走过类似的冢。这里一定是乌鸦族的坟场：他们安置族内死者枯骨的地方。

若想去营帐找小狼，就必须穿越这片坟场。问题是，他敢吗？他并不是乌鸦族的人。他不应该贸然进入其他氏族的坟场，否则必将触怒他们祖先的灵魂……

雾气弥漫在墓冢之间，铁杉苍白鬼魅般的骷髅就在他的头顶上。垂死柳叶的紫色叶柄吐露它们诡异飘荡的绒毛。四周矗立着阴暗而倾听着的树木：这些树木在冬天的时候常保青绿，永不休眠。在最高的那棵紫杉树上，栖息着三只乌鸦，正盯着他看。他在想，不知道哪一只是他们的氏族守护灵。

后方传来一阵狗吠。

他被困住了。好一个狡诈的芬·肯丁，他布下了天罗地网，让他插翅也难飞。

托瑞克无处可逃。河流太湍急，不可能下水游走；爬到树上，也会被那些乌鸦泄露行踪，然后猎人会把他像麻雀一样射下来；如果躲到树丛中，猎犬会把他像鼬鼠一样咬出来。

他想要转身对抗他的追兵，但手无寸铁，连一块石头也没有。

于是他退转回来，直接跑向最大的那个冢。他忍不住呜咽：此等窘境，同时为生者和死者所迫。

这时候，忽然有人从后面捉住了他，把他拉进了黑暗里。

第十三节

"不要动，"托瑞克的耳边响起一个声音，"**不要出声，也不要碰那些骨头。**"

托瑞克根本看不到什么骨头，他什么都看不见。他正被挤在一个闻起来像死老鼠的黑洞里，而且脖子上架了一把刀。

他咬紧牙根，免得上下排牙齿拼命打架。在他的四周，可以感觉到土地沉重的冰冷，还有成堆腐败中的乌鸦族人骨骸。他祈祷，所有这些灵魂都已踏上"死亡之旅"，但若有些灵魂仍在此徘徊呢？

他必须离开这里。当他出其不意被拉进来的时候，好像听到了一种刮擦石头的声音，莫非这个人在盗墓？现在，他的眼睛逐渐适应了黑暗，隐约感觉到一丝光亮，显然墓冢的封口并不是盖得很严。

他正想逃走，却听到外面传来微弱的声音。很微弱，但也很接近。

托瑞克很紧张，那个捉他的人也一样。

嘎吱和沙沙的声音更近了，然后停在三步远的距离。"他不敢来这里吧？"其中一个男人用害怕的声音说。

"很难说，"一个女人的声音低语，"他和一般人不一样。你没看到他是怎么打赢荷德的？谁知道他会做出什么事？"

托瑞克听到青苔被踩扁的声音。他的脚好像要抽筋了，接着在黑暗中，不知道什么东西发出叮当声。托瑞克吓得畏缩。

"嘘！"女人说，"我听到了什么声音！"

托瑞克赶紧憋住呼吸。捉他的那个人用刀子紧抵着他的脖子。

"呱！"一只乌鸦的叫声在树梢回荡。

"守护灵不希望我们在这里，"那个女人低声说，"我们该走了。你说得没错。那个小鬼应该不敢来这里。"

托瑞克松了一口气，听着他们离去的脚步声。

过了一会儿，他试图移动，但那把刀仍然抵住他。"不要动，"捉他的那个人低声喝道。

这次他认出了声音。是芮恩。**芮恩？**

"你臭死了。"她低声说。

他试图转过身来，但刀子再度阻止他。"那是为了防猎犬追。"他低声回答。

"反正他们不会来这里，他们是不准来的。"

托瑞克想了一会儿。"你怎么知道我会走到这里？还有你怎么会——"

"我并不知道。你安静一点儿，他们随时可能会回来。"

过了好一会儿度日如年的等待，冰冷而受缚，芮恩忽然踢了他一脚，叫他往前走。他考虑要不要反过身来把她扑倒，但随即打消念头。因为在此打斗，必将惊扰死者的骨骸。所以，他搬开了挡住墓口的石片，爬到了光亮的外面。坟场里空无一人，甚至连那几只乌鸦也飞走了。

芮恩随后爬出来，然后弯腰从洞口拖出两个很大的榛木背包，其中一个正是托瑞克的。托瑞克非常困惑地蹲在柳叶丛中，看到她又爬回去，这回拖出了两个卷起来的睡袋，两副都用鲑鱼皮包着防潮的弓箭，最后还有一个不断用力扭动的鹿皮袋。

"小狼！"托瑞克不禁叫道。

"安静！" 芮恩紧张地往营帐的方向看了一眼。

托瑞克打开鹿皮袋，小狼窜出来，满头大汗，毛乱成一团。小狼闻到味道，吓得要逃，托瑞克急忙把他捉住，发出低声的嗥叫，好让小狼确定眼前的人是自己，而不是一只可怕的狼獾。小狼露出一个满心欢喜的狼式微笑，晃动他的后腿，兴奋地轻咬着托瑞克的下巴表示欢迎。

"快点！"芮恩在他背后叫道。

"来了。"托瑞克说。接着他用手抓了一把沾满露水的青苔，擦掉脚上沾有的狼獾粪便，然后穿上靴子。多亏芮恩有先见之明，还想到把靴子带来。

当他转身去拿自己的背包时，却惊讶地看到她正举着弓，箭在弓上，瞄准托瑞克。而他的弓也被她背在另一边的肩上，他的斧头和刀也系在她的腰间。

"你这是做什么？"他说，"我还以为你要帮我。"

她轻蔑地看着他。"我为什么要帮你？我只是想帮我的族人。"

"那你为什么不把我交出去？"

"因为我要确保你去了那座'世界灵'圣山。如果我不强迫你，你恐怕连试都不会试。你只会夹着尾巴逃走。因为你是一个懦夫。"

托瑞克惊呼："懦夫？"

"你不但是一个懦夫，还是一个骗子，一个小偷。你偷了我们的公鹿。你用诡计赢了荷德，你骗我们说你不是'倾听者'，然后你还逃走。好了，废话少说，快走！"

托瑞克的背后始终被芮恩的箭抵着，耳边不断回荡着她骂自己是懦夫的重重的刺伤言语。托瑞克朝着西方的下游走，以岸边的柳叶丛为掩护，并且把小狼抱在怀里，免得他的脚印留下猎犬得以追踪的气味。

令人大感意外的是，他们一路上都没有听到追兵。这样的沉静反而比听到桦树号角的隆隆声更让托瑞克感到不安。

芮恩加快步伐，害得托瑞克一直跌倒。他是又累又饿，而她是经过充分休息还吃得饱饱的才上路的。因此，要想逃离她的掌控更加困难。不过也很难说，她的个子比较小。他在心中盘算着，或许可以设法制住她，免得她把箭射出来就麻烦了。

问题是要等到什么时候？有好一阵子，多亏她机敏地避开乌鸦族人，沿着弯弯曲曲的鹿径走，他们才可以躲过侦察。所以他决定多忍耐一会儿，等离营帐远一点再说。但一想到她侮辱人的言语，他实在咽不下这口气。

当他们顺着河流进入一片阴暗的橡树林，他就对着后面喊："我不是懦夫。"这时候已经没有什么追兵的迹象了。

96

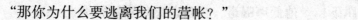

"那你为什么要逃离我们的营帐？"

"他们要把我送上祭坛！"

"他们根本还没决定，氏族大会就是在争论这个。"

"那你觉得我应该怎么样？在那边坐以待毙吗？"

"那则预言，"芮恩冷冷地说，"可以有两个不同的意思。如果你没有那么急着逃命的话，就会学到这点。"

"那就请赐教，"托瑞克说，"既然您是无所不知的。"

她叹了一口气。"预言的意思可以是说，我们把你送上祭坛，然后把你的血献给'世界灵'圣山，借此击败恶熊。荷德就是抱持这样的看法。他想要杀了你，好让他把你的鲜血带上山去。"她停顿了一下。"但莎恩觉得预言并不是这个意思，而是另有深意：唯有你可以找到圣山，并摧毁那只恶熊。"

托瑞克转过身去盯着她。"我？摧毁那只熊？"

她从头到脚打量着他。"我知道。那听起来很不可思议。但莎恩很肯定，我也是。'倾听者'必须找到'世界灵'圣山，然后借助神灵的力量，他必须摧毁那只恶熊。"

托瑞克眨了眨眼睛。怎么会。他们一定是搞错了。

"你为什么就是不肯承认？"芮恩很生气地说，"你就是'倾听者'。你分明知道你就是。你以气战斗，就像预言里所说的。你以沉默言语：那支哨子。预言的第一句话说的就是，'倾听者'可以和森林里的其他猎人讲话，而你可以和他们讲话，因为你父亲在你尚在襁褓中的时候把你放到了一个狼窝里。"

托瑞克斜眼看着她，"你怎么会知道这些？"

"因为我听到了。"她说。

他们沿着河流往西。托瑞克一路上听到了红腹灰雀吃刺藤的尖刺声，还有一只五十雀啄着树枝找虫吃的声音。既然有这么多鸟，就表示那只恶熊并不在附近。

突然间，他怀里的小狼竖起耳朵，并抖动着他的胡须。

"快趴下！"他低声喝道，拉着芮恩赶紧趴到地上。

没多久，果然有两艘独木舟划过去。托瑞克很清楚地看到了比较靠近的那艘。划桨的人有着一头棕色的短发，并且留着齐眉的刘海。他穿着一件很僵硬的皮质斗篷，整个盖住宽阔的肩膀。他的胸前还系着一条挂有野猪牙的皮绳。他的膝盖旁边挂着一把黑色的斧刀。他和另一艘独木舟上的同伴一边划水而过，一边用锐利的眼神不断扫视溪流的两岸。很显然他们也是来搜捕托瑞克的。

"是野猪族的人，"芮恩对托瑞克附耳说道，"一定是芬·肯丁请他们来搜寻。"

托瑞克有点狐疑，"他们怎么会知道我们是往这边走？是不是你故意留了线索？"

芮恩瞪他一眼，"我何必这么做？"

"我看你是要把我引到另一个氏族手里，好让他们把我送上祭坛。"

"搞不好就是这样，"她不耐烦地说，"那些野猪族的人往这边走是因为他们的秋季营帐是在下游，而且——"她停顿了一下，"你又是怎么知道有人来了？"

"我并不知道，是小狼告诉我的。"

她看起来很吃惊，继而警觉。"你真的可以和他交谈，是吗？"

他没有回答。

她站起身来，企图赶走心中的不安。"他们已经走了。现在我们该往北走了。"她把箭放回了箭袋中，并且把弓背在肩膀上。托瑞克还以为她终于改变主意了，结果她却拔出了腰带上的刀，威吓他快步往前走。

当他们抵达一条从岩壁峡谷陡然而下的小溪，就开始往上攀爬。托瑞克因为疲惫而感到晕眩。毕竟他彻夜未眠，而且整天都没有进食。

到最后他实在一步也走不动了，整个人跪坐在地上。小狼跳出了他的怀抱，急切地往水边跑。

"你做什么？"芮恩叫道，"我们不能在这里停下来。"

"已经停了！"托瑞克吼道。他伸手捉了一把石碱草叶，沾了点水，将身上残余的狼獾粪便洗净。然后他弯下身子饮用清澈的溪水。

终于觉得好多了，他从自己的背包里摸出了几卷獐鹿肉干，感觉竟像过了好几个月似的。他先撕了一片丢给小狼，然后才开始吃。真是美味极了。他觉得体力大增，仿佛瞬间取得了公鹿的精力。

芮恩迟疑了一下，接着也放下自己的背包，并跪坐在地，但仍然拿着刀子对准托瑞克。她把另一只手伸进背包里，拿出了三块红棕色的薄饼。她递了一块给托瑞克。

他接过来，咬了一小块。感觉很浓郁，咸咸的，味道很香。

"鲑鱼干，"芮恩边吃边说，"我们会先把鱼肉捣碎，再和上鹿油和杜松果。这样可以保存整个冬天。"

出乎意料之外，她也递了一块要给小狼。

小狼刻意不予理会。

芮恩迟疑了一下，转而把那一块递给托瑞克。他把鱼干放在两手之间轻揉，用自己的气味盖过她的，然后才把鱼干递给小狼，小狼欣然接受，大口吞了下去。

芮恩难掩受伤之情。"没什么大不了，"她耸耸肩，"我知道他不喜欢我。"

"谁叫你一直把他丢到袋子里？"托瑞克说。

"那是为了他好啊。"

"他并不知道。"

"那你可不可以告诉他？"

"这个我并不知道怎么用狼的话来说。"他说着又咬了一口鲑鱼干。然后问了一个始终困扰他的问题："你怎么会带他来？"

"什么？"

"小狼啊，你把他从营帐里带了出来。这应该不是一件容易的事，为什么？"

99

她沉默片刻。"你似乎很需要他。我不知道为什么。但我想这应该很重要。"

他差一点儿脱口说小狼正是他的守护者，但及时把话吞了回去。他并不信任她。就算她帮忙避开了乌鸦族的追捕，但也不能改变她抢走他武器还骂他是懦夫的事实，更何况她还一直用刀子对着他。

峡谷的地势越来越陡峭，托瑞克觉得小狼自己走应该没问题，所以就不再抱他。小狼垂头丧气地缓慢前进，尾巴垂得低低的，显然他和托瑞克一样不喜欢爬坡。

到了午后，他们终于爬到了一个山脊，可以俯看一片树林茂密的广阔峡谷。在树林之间，托瑞克隐约看到有河流的水光。

"那就是宽水，"芮恩说，"森林这部分最大的河，它从高山的冰河流下来，一直流到了斧头湖，接着通过了雷鸣瀑布，最后才流入海洋。在初夏，我们都会在此扎营，可以捕到很多鲑鱼。有时候，如果吹东风，还可以听到瀑布的声音……"她愈说愈小声。

托瑞克猜想，她可能想到自己帮助俘虏脱逃，不知道要受什么责罚。如果她先前没有骂他懦夫的话，或许他还会同情她。

"我们要穿越山谷，"她用比较轻松的语气说，"从那片草地应该比较容易涉过那条河。然后我们再往北——"

"不，"托瑞克突然说，用手指着小狼。小狼找到了一条麋鹿走过的小径，蜿蜒到一片高耸的云杉树林，树上挂满了胡须般的气根。他正等着他们跟上来。

"这边，"托瑞克说，"爬上山谷，而不是穿越。"

"但那是东方。如果往东的话，就会太快到高山区，到时候要再往北就会很难。"

"芬·肯丁会走哪一条？"托瑞克说。

"沿着小路往西边走一会儿，然后再往北。"

"这么说来，我们应该还是往东走比较好。"

她皱着眉头说："你在耍我吗？"

"好啦，"他说，"我告诉你，我们要往东，因为狼说我们应该往东。他知道方向。"

"什么？什么意思？"

"我的意思是说，"他口气淡淡地说，"他知道通往圣山的路。"

她盯着他，继而嗤之以鼻。"那只小狼？"

托瑞克点点头。

"我才不信。"

"随便你。"托瑞克说。

小狼讨厌那个"无尾女孩"（小狼眼中的芮恩）。

他第一次闻到她就讨厌她，当时她正用箭指着他的兄弟。真是可恶极了。居然把"无尾高个子"当成了猎物！

后来，"无尾女孩"又做了一大堆可怕的事情。她把他从"无尾高个子"身边硬生生抢走，还把他推进了一个没有空气的怪窝里，害他在里面被摇来摇去，头都快晕了。

但最可恶的还是她对待"无尾高个子"的方式。她难道不知道他是我们的狼老大吗？她对他乱叫的时候简直就是目无尊长。真搞不懂"无尾高个子"为什么不对她咆哮，快点把她给赶走？

现在，当小狼沿着鹿径小步跑的时候，他听到那个"无尾女孩"落后了好几个跨步。这让他稍感放心。很好，再这样下去，没多久就可以甩掉她了。

他停下脚步，咀嚼鹿径旁的越橘，吐出一颗坏掉的，继续往前走，感觉干干的土地在自己的脚掌下，大大的太阳在他的背后。他抬起口鼻迎接山谷送来的气味：有些松鸦，还有一些干掉的麋鹿粪便；

有一些被暴风吹倒的云杉，许多的柳叶，还有枯萎的莓果。这些都是很好很有趣的气味，但在这些气味的底下，浮荡着河流恐怖冰冷的气味。

那令小狼深感恐惧的记忆犹新。他和"无尾高个子"必须设法穿越湍急的河流。离跨越的地方还有好几大步，但小狼已经可以听到它在咆哮。实在是太大声了，不久后连他那半聋的兄弟也会听到。

前路有危险，他实在很想转过头去，但他知道不能。那股牵引的力量愈来愈强，很像狼窝的牵引，却又不是。

突然间，小狼捕捉到另一种气味，他张大鼻孔仔细闻着。他的耳朵往后贴。

这真是糟糕，**糟糕，糟糕，真糟糕**。

小狼旋即转身，往回跑向"无尾高个子"。

第十四节

"怎么了？"芮恩说，眼睛盯着受惊的小狼。

"我不知道。"托瑞克喃喃说道。他开始起鸡皮疙瘩。他发现听不到鸟的叫声了。

芮恩从腰间拿出他的刀，丢给他。

他点头接住。

"我们应该往回走。"

"不可以。往这边走才能到圣山。"

小狼琥珀般的眼睛幽暗地透出恐惧。他缓缓地往前走，头低低的，竖起颈背部的毛。

托瑞克和芮恩尽量静悄悄地跟在后面。杜松果碰撞他们的靴子，胡须般的气根伸出细长的手指碰触他们的脸。这些树显然格外安静：屏息以待，即将发生的事。

"或许并不是，"芮恩说，"我是说，很可能只是一只山猫，或是狼獾。"

托瑞克和她一样都不相信这句话。

他们转了一个弯，发现一棵倒卧的桦树正在流血，树皮上有爪子抓伤的痕迹。

两人都默不作声。他们都知道，熊偶尔会用爪子在树干上标示领地，或吓退其他的猎食者。

小狼凑近那棵桦树，以便仔细嗅着。托瑞克也跟上前，接着松了一口气。"獾。"

"确定吗？"芮恩说。

"树上的抓痕比熊爪小多了，而且树皮上还有泥巴。"他绕着树看了一下，"它的爪子因为在地上挖虫吃，粘了很多泥土，所以在这里抓树皮，好清理爪子。然后它就回到洞穴了。往那边——"他把手往东边挥。

"你怎么会知道？"芮恩说，"又是小狼告诉你的吗？"

"不是。是森林告诉我的。"他看到她困惑的表情，"稍早我看

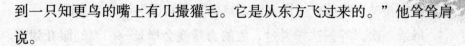

到一只知更鸟的嘴上有几撮獾毛。它是从东方飞过来的。"他耸耸肩说。

"你很会追踪，对不对？"

"我爸更厉害。"

"嗯，反正你比我厉害，"芮恩说。她听起来并没有羡慕，只是承认一件事实。"可是小狼为什么要害怕一只獾？"

"应该不是这样，"托瑞克说，"还有其他东西。"

她拿出他的斧刀、弓和箭袋，全部交还给他。"拿去吧，你最好都拿着。"

他们悄悄沿着路径前进。小狼在前面带头。托瑞克紧跟在后，仔细注意周遭的蛛丝马迹。芮恩走在最后面，紧张地看着树叶之间的缝隙。

他们继续走了大约五十步，托瑞克才又忽然停下脚步，后面的芮恩因此不小心撞到他的背。

眼前一棵年轻的榉树仍在鸣咽，但性命已危在旦夕。显然那只巨熊曾经站起来对树发泄怒气：整棵树的顶端被打断了，树皮也被撕成了碎片，爪子深深刺入树干很高的地方。高得吓人。就算让芮恩站在托瑞克的肩膀上，恐怕还是摸不到最低的爪痕。

"世上不可能有这么高的熊。"她喃喃说道。

托瑞克没有回答。他仿佛又回到那个湛蓝的秋夜，他在帮爸爸扎营。他讲了个笑话，父亲笑开了怀。然后，一瞬间森林爆炸了，成群的乌鸦齐声哀鸣，松树林发出飕飕的声响。从幽暗的树林中赫然出现一道更加深不见底的黑暗……

"这有一阵子了。"芮恩说。

"什么？"托瑞克说。

她指着树干。"树的血已经变硬。你看，几乎都发黑了。"

他仔细端详着树。她说得没错。这只熊应该是在两天前攻击这棵树的。

但他并没有和芮恩一样放松，她根本不知道事情的严重性。

每杀一次，爸爸这样说过，它的力量就会增长……当红眼升到夜空的最高点……那只熊将会所向无敌。

眼前的一切就是铁证。那一夜当他们遭受攻击的时候，熊已经很巨大了，但绝对没有如此巨大。

"它变大了。"托瑞克说。

生生

"什么？"芮恩说。

托瑞克于是把爸爸的话告诉她。

"可是还不到一个月的时间。"

"我知道。"

再走了几步，他发现了三根很长的黑毛，夹断在一根嫩枝上，在与他头部等高的地方。他赶紧后退。"它往那边走了。"他指向山谷，"你看，这些树枝弯曲的方向和其他的树不一样。"

但他其实也无法完全确定。因为熊也可能从另一条路径绕回来。

紧接着，在小树丛的深处传来一只鹞鹬尖锐的叫声。

托瑞克这才稍微放松。"它应该不在附近，否则不会有鹞鹬在叫。"

夜幕降临，他们在泥泞的溪边用弯曲的榛木和落叶搭了一个营帐。这些冬青树提供了很好的遮蔽。然后，他们生了一个小小的营火，吃了一些鹿肉干。他们不敢把鲑鱼干拿出来，因为熊即使在几天远的路程外也会闻到鱼干味。

那天晚上很冷。托瑞克蜷缩着坐在睡袋里，听着远方的咆哮声，尽管芮恩说那只是雷鸣声。

爸爸为什么从未告诉他关于那则预言的事情？为什么他会是"倾听者"？这些究竟代表了什么？

在他的身边，小狼在睡梦中仍不断抖动着耳朵。芮恩则坐着，眼睛注视着一只甲虫从柴火堆里爬下来。

托瑞克现在知道她是可以信赖的。她冒了很大的风险帮助他们，倘若没有她，自己不可能顺利脱逃。这是一种全新的感觉，终于有人站在他这一边。他说："我必须告诉你一件事。"

芮恩正拿着一根嫩枝，帮助那只甲虫从木柴堆里爬下来。

"在他死前，"托瑞克说，"我父亲要我立下血誓，必须找到圣山，至死方休。"

他停顿了一下，"我并不知道他要我发誓的原因。但我还是发誓了。我一定会尽最大的努力。"

她点了点头，他看得出来，这一次她是真的相信他。"我也有事要告诉你，"她说。"关于那则预言。"她皱着眉头，转动手上的嫩枝，"当你——如果你真的找到了圣山，你不能只是请求神灵的帮助。你必须先证明你值得神灵帮助。这是莎恩昨晚告诉我的。她说，当那个残废的浪人造出了恶熊，他打破了和神灵之间的约定，因为他造出了一只滥杀无辜的生灵。他触怒了'世界灵'。所以，'世界灵'不会轻易帮助我们。"

托瑞克试图理解这一切。"要付出什么代价？"

她和他四目交接。"你必须带给'世界灵'三项最强大的'纳路亚克'。"

他茫然地望着她。

"莎恩说'纳路亚克'像一条永无尽头的大河。所有的东西都是它的一部分。猎者、猎物、岩石、树木。有时候，它会出现一些比较特殊的样子，比如河流上的水泡。那同时也是它最有力的时候。"她略微迟疑地说，"那些就是你必须找到的。如果没有找到，'世界灵'就不会帮助你。你就永远也无法摧毁那只熊。"

托瑞克倒抽了一口气。"三项'纳路亚克'，"他沙哑地说，"那是什么？我要如何找到它们？"

"没有人知道。我们有的只是一个谜语。"她说着闭上眼睛，开

始背诵出那则谜语。

"万物中至深，溺死的视线。万物中至古，岩石的咬噬。万物中至冷，最暗的光芒。"

一阵微风吹过。冬青树发出尖刺的呢喃。

"什么意思？"托瑞克说。

芮恩张开眼睛。"没有人知道。"

他把头埋在膝盖里。"换言之，我必须抵达一座没有人去过的圣山，破解一则没有人知道答案的谜语，还要杀死一只没有人打败过的熊。"

芮恩深吸一口气。"你只能尽力。"

托瑞克沉默了一会儿。然后他说："莎恩为什么要告诉你这一些？为什么是你？"

"我从来就不希望，但她就是会告诉我。她认为，等我长大以后应该会是一个巫师。"

"你不想吗？"

"一点儿也不想！但我猜想——或许，一切自有安排。倘若她没有告诉我，那我就无法告诉你了。"

又是一阵沉默。然后，芮恩钻出了她的睡袋。"我把背包放到外面去，免得食物的味道把熊引来。"

她出去的时候，托瑞克蜷缩着侧过身子，迷失在营火余烬炙红的中心点。在他的四周，森林在沉睡中咯吱作响，沉醉在最深沉的绿色梦境之中。他想到成千成万的树木灵魂，群起簇拥在黑暗中，等待着他，而且只有他，让它们免于那只恶熊的威胁。

他想到金色的桦树、鲜红的花楸，以及绿得发亮的橡树。他想到倾泻的猎物，还有充满鱼的湖泊河川，各种各样取之不尽的树木、树皮、岩石。只要你知道去哪里寻，森林里有一切你所需要的东西。一直到现在，他才终于明了自己有多热爱这座森林。

而今，倘若不把那只恶熊摧毁，这一切都将化为乌有。

小狼跳起身来，跑出去进行他的夜间狩猎。芮恩也从外面回来了，不发一语地钻回睡袋，没多久就睡着了。托瑞克继续盯着营火。

“一切自有安排。”芮恩先前这么说。很奇怪的是，这句话给了托瑞克一种力量。他就是“倾听者”。他曾发誓要找到圣山。这座森林需要他。他将尽最大的努力。

他断断续续睡着。他梦到爸爸仍然活着，却没有了脸，变成一片苍白的岩石。**我不是爸爸，我是狼族的巫师……**

托瑞克顿时惊醒。

他感觉到小狼的气息就在他的脸庞，毛茸茸的胡须就在他的眼前，小狼正亲昵地轻咬着他的两颊和喉咙。

他舔了小狼的口鼻，小狼用鼻子碰触他的下巴，然后，小狼就满足地“哼”一声紧靠着托瑞克睡下。

当他们引颈张望眼前的雷鸣瀑布时，芮恩不禁开口说：“我们真应该从下面的山谷穿越。”

托瑞克伸手抹去瀑布喷到自己脸上的水滴，没想到这座森林里竟有如此愤怒的东西。

今天一整天，他们都顺着平静的绿色宽水往上游走。而现在，当河水从一片岩壁轰隆而下，却产生了惊天动地的盛怒。整座森林似乎都站在它的面前，连眼睛都不敢眨一下。

“我们真应该从下面的山谷穿越。”芮恩又说了一遍。

“那我们恐怕早就被发现了，”托瑞克说，“那些草原太容易暴露行踪了。更何况，小狼希望能待在这一边。”

芮恩不服地噘起嘴唇。“你不是说他是你的守护者吗？现在又跑到哪里去了？”

“他不喜欢急水。他的家人就是在洪水中淹死的。等我们找到跨越瀑布的路，他就会回来了。”

"哦。"芮恩不怎么相信。她和托瑞克一样，昨晚都没睡好，整个早上都情绪不佳。他们都没有再提到那则谜语。

他们终于发现了一条鹿径，蜿蜒到瀑布的上方。小径非常陡峭，满是泥泞，等他们爬到上方的时候，早已经被瀑布的水喷得全身湿透。小狼还在原地等候：坐在一棵桦树下，和宽水保持安全的距离，却依然害怕地颤抖。

"现在要往哪边？"芮恩喘着气问。

托瑞克的眼睛看着小狼。"我们沿着河岸走，直到他叫我们过河。"

"你会游泳吗？"芮恩说。

他点点头，"你呢？"

"我会。小狼会吗？"

"我看很难。"

他们不约而同地往河川的上游望去，只见河水穿过了刺藤、缠绕的花楸和桦树。今天很冷，多云，风吹得桦树叶纷纷掉落河面，像一个一个琥珀色的小箭头。小狼贴着耳朵小步跑。河水流得很急很欢，接着直下瀑布。

他们没走多久，小狼就开始在岸边跑上跑下，发出喵喵的哀鸣。托瑞克可以充分感受到他的恐惧。他转向芮恩。"他想要过河，但是他很害怕。"

"这里的刺藤太厚了，"芮恩说，"要不要再走过去一点儿，那边有些岩石。"

那些岩石很平滑，而且布满了危险的青苔，但是突出水面大约有半个手臂宽，或许有助于跨越河面。

托瑞克于是点点头。

"我先走。"芮恩说着脱下靴子，绑在背包上，然后拉高自己的裤套。她找了一根棍子当拐杖，以便平衡自己的脚步，再将背包单侧斜背，免得不小心跌跤时会整个人倒下去。她用另一只手把弓和箭袋高举过头。

　　她靠近水的时候不禁露出恐惧的神色。但她过河的时候脚步很稳健，直到最后一块岩石，必须跳到对面河岸时，才开始有点摇晃，幸好及时抓住了一个柳枝，顺利把自己拉上岸。

　　托瑞克先卸下背包和武器放在岸边，并脱下靴子。他准备先抱小狼过河，再回来拿自己的东西。"过来吧，小狼！"他用鼓励的声调说。接着他又用狼的话说了一次。他蹲下自己的后腿，发出低沉而安慰的喵声。

　　小狼急忙躲到一棵杜松树下，不肯出来。

　　"把他放到你的背包里！"芮恩在对岸叫道，"只有这样才能带他过河！"

　　"我不能，"托瑞克说，"那样他以后就不会再信任我了！"

　　他坐在岸边的青苔上，并且伸了一下懒腰，打了个哈欠，以便让小狼觉得他很放松。过了一会儿，小狼从杜松树下窜出来，走过来坐在他身边。托瑞克又打了一个哈欠。小狼看他一眼，接着打了一个超大的哈欠，继而发出一声呜咽。

　　托瑞克这才慢慢站起来，把小狼抱起来，喃喃地对他说着狼语。

　　托瑞克光着脚踩在岩石上，觉得格外的冰冷和滑溜。小狼在他的怀里怕得直发抖。

　　对岸的芮恩一只手拿着一棵桦树的幼苗，倾身向前把树枝伸向他们。"快到了，"她在瀑布的隆隆声中吼着，"你们已经快到了！"

　　小狼的爪子紧张地刺入托瑞克的上衣。

　　"最后一块岩石了！"芮恩叫道，"把他给我……"

　　一个浪打在岩石上，溅了他们一身冷冰冰的河水。小狼慌了。发疯似地要挣脱托瑞克的怀抱，他用力往岸边一跳，降落时后腿掉到水里，但前腿抓住了岸边。

　　芮恩低下身子，抱住了他的颈背。"我接到他了！"她喊着。

　　托瑞克却重心不稳，扑通一声掉到河里面。

第
十
五
节

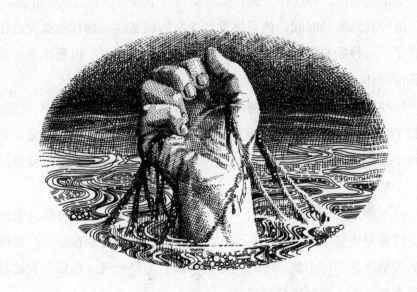

托瑞克被冰冷而愤怒的河水猛力冲击。他很会游泳，所以并不是很担心，应该可以抓到岸边突出的树枝。

没关系，还有下一根。

在他的后方，他听到芮恩冲过刺藤区在叫唤他的名字，还有小狼焦急的吠叫。他想那些刺藤一定真的很浓密，因为芮恩和狼的声音愈来愈远了。

河水压迫着他的背部，把他像落叶一样冲向岩石。他往下潜水。

然后他踢着腿浮上水面，惊讶于自己已经被冲出好远，完全听不到芮恩或小狼的叫唤声。而且他正以惊人的速度被冲向瀑布，愤怒的水声吞没了所有其他的声音。

他的上衣和裤套吸水后变得很重，不断把他往下拉。低温让他的整个身体变得麻木，好像再也感觉不到自己的四肢和血肉，但他还是努力让头保持在水面上。除了白色的水波泡沫和一片模糊的柳叶之外，他什么都看不到。然后他被冲往西边，就真的什么也看不到了。

他很快明白，再这样下去，他就会被冲下瀑布，并且死于非命。

他没有恐惧的时间。他只感觉到淡漠的愤怒，一切竟然就要这样结束了。可怜的小狼，以后谁来照顾他？可怜的芮恩。但愿她不要发现我的尸体，那一定很可怕。

死神在他的耳边轰隆作响。泡沫和水花中闪现一道彩虹……然后波浪平息了，变得像皮肤一样光滑，突然间，眼前再也没有河流。死神终于来了，把他整个人往下拉，一切都是那么光亮与平滑，就像掉入一个梦乡……

他不断地往下掉，再往下掉，水灌进了他的嘴，他的鼻，他的耳。河流把他整个人吞没了：他在河的里面，河透过他在咆哮，水撞击的力量真是不可小觑。他时而浮上水面，大口吸气。然后立刻被拉回到水面底下，漩涡的绿色深处。

河的咆哮声渐渐消去。光闪过他的脑海。他往下沉。水的颜色从蓝转为黑绿，继而转为全黑。他疲倦无力，全身冻僵，已经没有感

114

觉。他只想放弃一切，好好睡觉。

他开始听到一阵微弱的嘲笑声。绿色水草般的头发扫过他的喉咙。一张张残酷的脸孔用无情的白色眼睛睨视着他。

加入我们吧！河底的隐形人呼唤着。**让你的灵魂自由，摆脱那沉重而枯燥的躯壳吧！**

他觉得好想吐。仿佛肠子快被扯出来了。

你看！你看！隐形人开心地笑着。**他的灵魂已经迫不及待想自由漂浮了！他等不及要奔向我们了！**

托瑞克像死鱼一样转了好几圈。隐形人说得对。干脆丢下这个躯壳，让他们用冰冷的怀抱不断转动他。

这时候，他忽然听见了小狼绝望的嗥叫声。

托瑞克睁开眼睛。隐形人逃走了，黑暗中只留下银色的水泡。

他再度听到小狼的呼唤。

小狼需要他。他们还有好多事要一起完成。

他舞动着自己僵直的四肢，开始努力回到水面。水的颜色由深绿渐渐变亮。光牵引着他……

正当他几乎要到达水面时，却不由自主地往地下看了一眼，然后他看到了。水底有两只苍白的眼睛正盯着他。

那是什么东西？河里的珍珠？隐形人的眼睛？

预言。谜语。"万物中至深，溺死的视线。"

他的胸口好闷。倘若不赶快呼吸空气，他就死定了。但机会稍纵即逝，倘若不立刻游下去，捉住那对眼睛——或不管什么东西，恐怕就永远没机会了。

于是，他一个转身，用尽全身的力气猛踢，再度潜回水底。

冰水刺痛他的眼睛，但他不敢闭上。他愈游愈近，愈游愈近……伸手往河床上一抓，抓到了一把冰泥。拿到了！不能完全确定，河泥在周围浮散，而且他不敢张开手心，深怕失手掉落，但他可以明显感觉到那东西的重量把他往下拉。他用力扭过身子，踢动双腿往光

115

亮游去。

但他筋疲力尽，焦急而缓慢，沉重的衣物不断把他往下拉。脑海里闪过更多的光。他听到更多的嘲笑声。**太晚了**，隐形人低声说。**你现在永远也别想到达光亮了。留下来陪我们吧，灵魂漂流的男孩。永远留下来吧……**

他感觉到有东西捉住了他的脚，把他往下拉。

他踢着，却无法挣脱。有人一直捉着他的脚踝。他扭转身子，想要把自己拉出来，却只是被捉得更紧。他试图拿出刀鞘里的刀，但他在过河前早已先用带子把刀柄绑住了，没办法弄松。

他觉得非常生气。放开我！他在脑子里吼着。你不能拿走我，你不能拿走"纳路亚克"！

愤怒赐给他一种力量，他发疯似地猛踢。脚上的束缚松开了，有一个东西发出泪泪的怒气声，继而沉入黑暗之中。托瑞克快速游出水面。

他砰地从水面冲出来，用力吸了一大口气。在阳光中，他瞥见一整片绿色的河水，还有一根快速朝他这边伸过来的树枝。他伸出空着的手去捉，但是没有捉到。他的头感到一阵剧痛。

他知道现在绝对不可以昏过去。他依然可以感觉到河水的撞击，听到自己喘息的声音，但是他的眼睛尽管是张开的，用力想要看见的，却什么也看不见了……

他满心恐慌。不要瞎眼，他心想。不，**求求你**，不要，我不要瞎眼。

第十六节

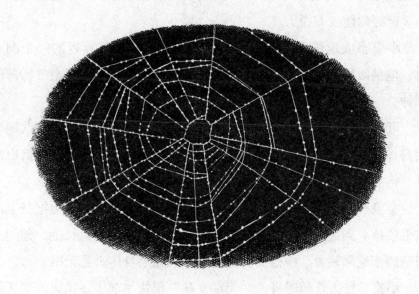

"无尾女孩"在呜咽，并挥动前爪，所以小狼不理她，自行飞奔而下。当他在柳叶丛里闻到"无尾高个子"的味道，他也开始呜咽了。只见他的兄弟正倒卧在圆木上，身体有一半在河里面。他闻起来都是血，而且一动也不动。

小狼舔着他冰冷的两颊，可是"无尾高个子"都没有动一下。难道他已经没呼吸了吗？小狼抬起他的口鼻，仰天长啸。

笨重的撞击声，是"无尾女孩"来了。小狼跳过去保护他的兄弟，却被她推开。只见她把"前爪"放到"无尾高个子"的肩膀底下，把他拖离了河边。

尽管有所不满，小狼也不得不佩服。

他在一边看着她把"前爪"放在"无尾高个子"的胸口，用力往下压。"无尾高个子"开始咳嗽！"无尾高个子"有呼吸了！

正当小狼要跳到他兄弟怀里去舔他的口鼻时，却再度被推开！完全无视于狼警告性的嗥叫，"无尾女孩"拉起"无尾高个子"的身子让他站起来，扶着他一起往岸边走。"无尾高个子"一直撞到榛木丛，就好像他没有视力。

小狼警戒地跟在一旁，当他们到达距离河岸不算近的一个洞穴时，他稍微松了一口气：一个不错的洞穴，而不是很小又空气稀薄的那种。

可是那个"无尾女孩"还是不让小狼靠近他的兄弟。小狼吠叫着用身体去撞她。但她不但没有让开，还捡起一根棍子，把它扔出窝外，指着它，然后再指着小狼。

小狼不理她，转回去找"无尾高个子"。只见他正努力把身上的皮毛脱掉。到最后，"无尾高个子"只剩下头上的黑色长毛。他闭上眼睛蜷缩地侧躺着，冷得发抖。他可怜的无毛身体真是无用。

小狼靠过去帮他暖身。"无尾女孩"很快生起了一团火。"无尾高个子"把身体靠过去取暖，小狼小心翼翼地看着，提防他被火烧到。

这时候，小狼注意到"无尾高个子"的一只"前爪"里不知道握着什么东西，会发出奇怪的亮光。

小狼嗅了一下，然后连忙后退。他闻起来像是河里的猎食者和猎物，还有树，全混在一起，而且还不停发出一种很高很细的嗡嗡声：非常地高，小狼也只是刚好可以听到。

小狼感到相当惊恐。他知道，眼前的东西具有非常强大的力量。

托瑞克在他的睡袋里缩成一团，无法控制地抖个不停。他的头像火在烧，整个身体都是瘀伤，最糟的是，他看不到了。**瞎了，瞎了，瞎了**，这句话不断敲打他的心。

在柴火燃烧的声音之外，他听见芮恩生气地说："你是在找死吗？"

"什么？"他想说，结果只发出不可辨的咕哝声，因为他满嘴都是咸咸的血。

"你本来已经游到水面了，"芮恩边说边把一个好像蜘蛛网的东西压在他的额头上，"却转身往水底游下去，故意的，又往水底游了下去！"

他这才明白，原来她还不知道"纳路亚克"的事。但他的手都冻僵了，没办法张开给她看。

他感觉小狼热热的舌头在舔自己的脸。眼前忽然有一丝光。然后是小狼黑色的大鼻子。托瑞克精神一振。"我刚才瞎了！"

"什么？"芮恩一时之间没听懂，"你当然可以看到啊！你的额头被树枝撞伤了，血流进了眼睛。头皮受伤通常都会流比较多的血。你不知道吗？"

托瑞克实在太高兴了，如果不是因为两排牙齿一直打寒颤，他铁定会放声大笑。

他看到自己正在一个有土墙的小洞窟里。桦树柴火堆正炙热地燃

119

烧，原本湿透的衣裤也已经开始蒸发水汽。瀑布的轰隆声很吵，从声音听起来，以及洞口的树端看起来，他猜想他们一定是在山谷地势很高的地方。他不记得自己曾经爬坡。一定是芮恩把他拖上来的。他很诧异，她是怎么办到的。

她正跪在他身边，看起来饱受惊吓。"你能活下来真的很幸运，很幸运，你知道吗？"她说。"好了，不要动。"她从药箱里拿出一些蓍草粉，散在自己的手掌心。然后，她拿开蜘蛛网，把药粉压在他的额头上。药粉很快就像疙瘩般附着在伤口上。

托瑞克闭上眼睛，听着瀑布永不停歇的怒吼。小狼爬进他的睡袋，一直扭转身子，直到找到完全舒服的位置。当他舔着托瑞克的肩膀时，他感觉毛绒绒的，很温暖。托瑞克也舔了一下他的口鼻。

当他醒来的时候，身体已经不再发抖，手里仍握着"纳路亚克"。他感觉到整个手心很重。

小狼正在洞窟背后嗅着。芮恩则坐着整理草药。托瑞克的背包、靴子、箭袋和弓全都整整齐齐地放在她的后面。他明白她一定花了很大的功夫才把这些东西带过河来。而且必须来回两次。

"芮恩。"他说。

"什么？"她仍埋头整理草药。从语气听来，她还在生气。

"你把我从河里拉出来，把我带到这个洞窟。你还把我的东西都拿来了。我实在没法想象……我是说，你真的很勇敢。"

她没有回答。

"芮恩。"他又说。

"**什么？**"

"我不得不游回去。我不是故意的。"

"为什么？"

他笨拙地伸出紧握"纳路亚克"的手，并张开他的手掌。

他的手掌一张开，营火瞬间黯淡了下来。影子在洞窟的墙上跳动。空气似乎也像闪电过后一般劈啪作响。

小狼也不再嗅着洞窟后方，而是发出警戒的哼声。芮恩则全身静止。

只见一对河眼躺在托瑞克手心的绿泥中，微弱地闪着，就像雾夜里的月光。

当托瑞克盯着它们看时，再度感觉到当时困在河床时听到的那种晕眩的回声。"就是这个，对不对？"他说，"'万物中至深，溺死的视线。'第一部分的'纳路亚克'。"

芮恩的脸色苍白如纸。"别……别动。"她说着跌跌撞撞跑出洞外，很快拿了一些鲜红色的花楸叶。

"还好你抓了很多泥巴，"她说，"不可以让它碰到皮肤，否则属于你的世界灵魂也会被它吸去。"

"原来是这样，"他喃喃地说，"在河里的时候，我开始觉得头晕目眩。"他告诉她关于隐形人的事。

她简直就是吓坏了。"你怎么这么大胆？如果被他们捉去了……"她说着赶紧作出一个赶走邪恶的手势，"我真不敢相信你睡觉的时候居然还把它握在手里。情况很紧急。"

她从上衣里拿出一个黑色的小袋子，先把花楸叶子塞进去。"这些叶子可以保护我们。"说着她抓住托瑞克的手腕，把那对河眼倒进袋子里，并把袋口收紧。

当"纳路亚克"被收起来后，火焰又亮了起来，影子消失了。洞内的空气不再噼啪作响。

托瑞克觉得如释重负。他看到小狼踏步走到芮恩的旁边躺下来，口鼻埋在两只前腿里，盯着她腿上的小袋子，发出轻轻的呜咽声。

"你觉得他闻到了什么吗？"她问。

"或是听到了什么？"托瑞克说："我不知道。"

芮恩发着抖说："而且，就像其他人听不到的。"

第十七节

托瑞克在黎明醒来，觉得全身又酸又僵硬。但他已经可以移动四肢，而且都没有断，因此他觉得好多了。

芮恩正跪在洞口想要喂小狼吃她手心上的红莓。她紧锁眉头看起来很认真，对小狼伸出了她的手。小狼颇有戒心地慢慢向前，旋即跳开来。最后，他终于决定可以信赖她，嗅着那些莓子。他的胡须搔着她的掌心，芮恩笑了。

当她发现托瑞克正盯着她看，就不再笑了，有点不好意思被捉到和小狼做朋友。"你觉得怎么样？"她问道。

"好多了。"

"看起来还是很糟。你至少还必须休息一天。"她说着站起身来，"我去打猎。那些干粮可以留着上路。"

托瑞克强忍痛楚地坐起身来，"我跟你去。"

"不可以。你必须休息！"

"可是我的衣服已经干了，而且我也需要活动一下。"他没有告诉她真正的原因，那就是他其实很讨厌这个洞窟。他和爸爸有时候也会躲在洞窟里，但他总是喜欢跑到户外去睡。那种感觉完全不对，睡在硬实的墙里，挡住了风和森林，就好像被怪物吞噬了一般。

芮恩叹了一口气。"那你要保证，一打到猎物，就马上回来休息。"

托瑞克保证。

穿衣服比他想象的还要痛，等终于穿好了，他也已经痛到流眼泪。幸好芮恩并没有注意到，她在专心地准备狩猎。她用一把像乌鸦爪子般弯曲的桦木梳子整理头发，然后绑了一个马尾，并插上一根猫头鹰的羽毛乞求狩猎成功。接着，她抹了一些尘土在皮肤上，以便掩盖自己的气味，然后，她打碎两个榛果，利用里面的油来涂抹她的弓，一边还吟唱："愿氏族守护灵与我同飞，助我成功狩猎。"

托瑞克很惊讶，"我们准备狩猎的方式一模一样。只不过我们唱的是：'愿氏族守护灵与我同奔'。还有，我们并不是每一次都给弓抹油。"

"那是我自己的习惯，"芮恩说着举起那把漂亮而发光的弓，"这是芬·肯丁在我七岁的时候为我做的弓，就在爸爸死后不久。弓是用生长了四年的紫杉制作的，弓的外层用的是比较有弹性的边材，里层用的是比较有耐力的心材。箭袋也是他做的。他亲手织的柳条，让我自己选装饰。我选的是红白相间的弯曲条纹。"

她停顿了一下，脸上的表情因为回忆而露出一丝阴影。"我从来没有见过我妈。爸爸就是我的一切。当他被杀的时候，我哭得很厉害。这时候，芬·肯丁来了，我用拳头打他。他动也不动。站在那边像一棵橡树，任由我打他。接着他说：'他是我兄弟，让我照顾你。'然后，我知道，他会照顾我的。"她满面愁容，咬着自己的嘴唇。

托瑞克知道她一定很想念叔叔芬·肯丁，或许也很担心，因为他一定会为了找她而进入恶熊肆虐的森林。为了多给她一点时间整理情绪，他先做了一下自己的狩猎仪式，把武器拿好，然后才说："走吧，我们去打猎吧。"

她点了一下头，背起了箭袋。

这是一个很冷、很亮的早晨，森林美极了。鲜红色的花楸和金黄色的桦树，像火焰般映照深绿色的云杉。蓝莓灌木丛在上千个缀有细霜的蜘蛛网覆盖下闪闪发亮。结冻的青苔在脚下嘎吱作响。有一对好奇的喜鹊始终跟着他们，从一棵树飞到另一棵树，不断吵嘴。那只恶熊应该是在很远的地方。

可惜的是，托瑞克没有高兴多久。早晨过了一半的时候，小狼就贸然惊吓了一只柳松鸡，它义愤填膺地咯咯叫着往上飞。鸟儿一飞冲天，托瑞克根本就懒得拿箭瞄准它，反正也打不到。岂料，芮恩的箭应声射出，那只柳松鸡立刻掉落在地衣上。

托瑞克看得目瞪口呆。"你太厉害了！"

芮恩脸红地说："嗯，我经常练习啊。"

"可是，我从来没见过有人这么厉害。你是你族里最棒的弓箭手吗？"

她看起来很不好意思。

"有人比你更厉害吗？"

"呃，大概没有吧。"她还是很尴尬，就跑到蓝莓树丛里去捡那只松鸡。"拿去。"她说着对他咧嘴一笑，露出了小虎牙，"记得你说过的，只要打到猎物，你就会回去休息。"

托瑞克接过那只松鸡。早知道她是这等射箭高手，就不应该轻易答应。

当芮恩返回洞窟之后，他们饱餐了一顿。从一只年幼猫头鹰的呼呼叫声听来，那只熊应该离这里很远。而根据芮恩的判断，他们已经走到相当东边的方向，摆脱了乌鸦族的追踪。此外，他们确实需要吃一些热食。

芮恩用阔叶包了两小片鸡肉，献给氏族的守护灵，托瑞克则把火移到洞口，看来他已经下定决心今晚不要待在洞窟里。他把芮恩带来的水锅装了半满，挂在火堆上，再利用叉开的木柴夹了一些火热的石头，丢到锅里面。再把松鸡的内脏和关节部分丢进锅里煮。没多久，他就搅拌好一锅充满了大蒜味和新鲜蘑菇味的鲜鸡汤。

他们吃了大部分的肉，留一点儿当明天的日餐，并用炭火烤过的蒲公英根来吸干汤汁。芮恩还在餐后端上了美味的果泥，是用刚采的越橘和榛果做的。最后还有一些山毛榉坚果：先放在火上烤到裂开，再剥除外壳，这才能吃到里面香甜的小果核。

等到终于吃完以后，托瑞克觉得实在太饱了，感觉好像这一辈子都不必再吃东西似的。他坐在火边，修补裤套上被河底隐形人扯破的裂缝。芮恩坐得远远的，仔细修剪箭头上的羽毛。小狼躺在他们的中间，舔洗自己的前爪，他才刚把托瑞克留给他的松鸡骨头啃完。

过了一会儿，他们都沉浸在一种友好的沉默中。托瑞克觉得很满足，甚至充满希望。毕竟，他已经找到了第一项"纳路亚克"，这可以说是一大斩获。

突然间，小狼跳起身来，冲出火光之外。没多久，他回来了，不断地绕着火堆转，并发出焦躁不安的吠叫与呜咽。

"他怎么了？"芮恩低声问。

托瑞克也站起身来看着小狼，他摇摇头，"我也不是很清楚。好像是'被杀猎物的味道、很旧的猎物味道、移动'之类的。"

他们的眼睛望向黑暗。

"我们不应该生火的。"芮恩说。

"太迟了。"托瑞克说。

小狼停止吠叫与呜咽，抬起他的口鼻，眼睛望着天空。

托瑞克抬头一看，再也没有心情开玩笑。在东方遥远而幽暗的群山峻岭之上，庞然公牛"欧罗克"的红眼正俯视着他们。令人无可回避，充满恶意的血红色，在怨怒中跳动。托瑞克无法转开视线。他可以感觉到它的力量正在传送给那只恶熊，也不断削弱他心中的希望与决心。

"我们有多大的机会可以打败那只熊？"

"我不知道。"芮恩说。

"我们要怎么找到另外两项'纳路亚克'？万物中至古，岩石的咬噬。万物中至冷，最暗的光芒。这究竟是什么意思？"

芮恩没有回答。

他终于把视线从天空拉回来，在火边坐下。从余烬中，他仍然感觉到天上的红眼正在瞪视他。

在他的后面，芮恩忽然惊叫起来。"你看，托瑞克，那是'第一棵树'。"

他抬起头。

红眼消失了。取而代之的是一道悄然变动的绿光，照亮整个天空。一道巨大的光包裹在无声的风中扭动着。然后，包裹不见了，淡绿色的光波在星辰之间荡漾。"第一棵树"无限延展，以它神奇的光

芒照耀着整座森林。

当托瑞克凝望着它，心中再度燃起一丝希望。他一向喜欢在结霜的夜里欣赏"第一棵树"，听着爸爸诉说太古之初的故事。"第一棵树"代表了狩猎的好运。或许，它也将给自己带来好运。

"我想这是一个好兆头，"芮恩说道，仿佛读到了他的心思，"我一直在想。难道你真的只是靠运气才找到'纳路亚克'吗？我是说，为什么你偏偏会跳到那条藏有'纳路亚克'的河里？我不认为这是运气。我认为——你注定要找到它。"

他用疑惑的眼神看着她。

"或许，"她缓缓说道，"'纳路亚克'就被安排在你必经的道路上，至于要怎么做，取决于你自己。当你看到河眼躺在河床上，那一瞬间，你本可决定不去冒险。但你并没有，你反而冒了生命危险去拿。或许这也是你必须经过的考验。"

这是一个很好的说法，托瑞克觉得好多了。他看着"第一棵树"沉静的绿色树干，渐渐沉睡入梦。小狼再度冲了出去，进行他例行的夜间神秘探险。

小狼离开了窝，爬到山谷的高处，然后捕捉到风中的一股怪味：很腥的腐坏猎物的味道，像是已经被猎杀了很久，只不过，它会动。

当他跑的时候，小狼感觉到一种喜悦，因为随着每一次黑暗的过去，他感觉到自己的脚掌愈来愈有力，身体也愈来愈强壮。他喜欢跑，他很希望"无尾高个子"也喜欢跑。但有时候他的这个兄弟实在是慢吞吞。

当小狼靠近山脊的时候，他听到了瀑布在咆哮，还有一只野兔在山谷进食的声音。在头顶上，他看到了月亮和星星。一切都很正常，除了那股味道。

在山脊上，小狼高举口鼻去捕捉那怪味的风，又来了：非常靠近，而且愈来愈近。他急忙奔回山谷，很快找到了它，那个闻起来非常腐臭却快速移动的怪物。

他走近，以便在黑暗中详加观察，同时小心不让它发现。他很惊讶地发现，那根本就不是一个被猎杀很久的东西。它会呼吸，还有爪子，而且以一种相当怪异的摇晃方式在移动。当它用口鼻嗅着路径前进时，还自言自语似地咆叫。

最让小狼觉得大惑不解的是，他无法捕捉到它的感觉。它的心灵似乎破了，就像碎裂的枯骨。狼从来没有感受过这类东西。

他看到怪物沿着坡路走，朝"无尾"们睡觉的窝去了。它不断地潜伏靠近……

正当小狼准备攻击它的时候，它摇了一下身体，就跌跌撞撞地走了。但从它破碎心灵的纠缠程度看来，小狼感觉到，这个怪物还会回来。

第十八节

雾像夜贼般悄悄侵袭着他们。当托瑞克从他的睡袋里僵硬地爬起来，底下的山谷已经消失了。"世界灵"的气息已经吞噬了一切。

他打了一个哈欠。小狼在半夜里把他叫醒，不安地跑来跑去，发出紧急的吠叫声：**被杀猎物的味道——小心**。实在很难理解。每一次托瑞克起身察看，只闻到一股臭尸味，以及一种被监视的不安感。

"或许他只是不喜欢雾，"犯困的芮恩有点发火了，在睡袋里翻滚。"我也不喜欢。在雾里面，一切都变样了。"

"我不觉得是因为雾。"托瑞克边说边看着小狼仰头嗅空气里的味道。

"那究竟是怎样？"

"我不知道，好像外面有东西。不是那只熊，也不是乌鸦族的追兵，是其他的东西。"

"什么意思？"

"我说了，我也不知道。不过，我们应该要警戒。"为了以防万一，他又放了一些柴到营火里，准备热一些汤来当日餐。

芮恩焦虑地皱着眉头，数着他们的箭。"我们的箭加起来总共有十四支。有点不够。你知道怎么敲碎火石吗？"

托瑞克摇摇头。"我的手劲还不够大。爸爸本来准备下个夏天要教我的。你呢？"

"一样。我们必须非常小心。还不知道要多久才能到圣山。我们需要准备更多肉。"

"或许我们今天可以猎到什么。"

"在这种浓雾中？"

她说得对。雾实在太浓了，他们甚至不能看到离他们五步之遥的狼。族人们将这种雾称为"烟霜"：高山在初冬吐露出的冰冷气息，这种气息会让莓果变黑，还会让小生物仓皇逃回自己的洞穴。

小狼带着他们沿一条野牛的路径走，从山谷的北方蜿蜒进去，在寒风中攀爬，穿越被冰霜覆盖的蕨丛。浓雾裹住了声音的流通，也让他们难以分辨距离。一不小心就差点撞到树木。有一次他们以为射中了一头驯鹿，原来却只是木块，结果费了好大的功夫才把那支箭挖出来，因为箭已经不多了，一支也不能浪费。有两次，托瑞克以为看见了矮树丛中的身影，当他跑去看，却什么也没有。

他们花了整个早上的时间才爬上山脊，又花了整个下午的时间跌跌撞撞走下坡路到另一个山谷。在此，一整片沉静的松树林守护着一条沉睡的河。

当他们吃过一顿食而无味的晚餐之后，挤在一个简陋的营帐中，芮恩说："你有没有发现，我们到现在连一头驯鹿都没看到？通常这个时候，应该到处都是驯鹿才对啊！"

"我也正在想这个，"托瑞克说。他和芮恩一样清楚，雪飘下来的同时，森林里总是有很多精力旺盛的驯鹿群，因饱食青苔和蘑菇而肥嘟嘟的。有时候，驯鹿吃了太多的菇类，连鹿肉吃起来都带着香菇的气味。

"如果驯鹿不来的话，氏族们要怎么办？"芮恩说。

托瑞克没有回答。驯鹿是他们一切生存之所系：食用肉、床垫、睡袋，以及身上穿的衣服。

他在烦恼，不知道要拿什么来缝制冬衣。芮恩很有先见之明，在离开乌鸦族的营帐时就已经穿上冬衣，但她并没有顺便替他偷一件，所以他到现在只穿着夏天的鹿皮衣，比起爸爸每年秋天为他缝制的毛衣和裤套，他现在穿得实在太单薄。

就算幸运地找到了猎物，也没有时间缝制衣服。在浓雾上方的天空，只见庞然公牛"欧罗克"的红眼爬得更高了。

托瑞克闭上眼睛，想要赶走负面的想法，最后在不安中入睡。但是，他每每在半夜醒来，就会闻到那股奇怪的腐尸臭味。

隔天早晨显然更加寒冷，雾也更浓了。连小狼看起来都很沮丧，垂头丧气地引领他们往上游走。他们走到一条以倒卧橡树为桥的河，抓着树干险象环生地爬过河。再过去没多久，就出现了双叉路。左手边的路蜿蜒通往一片起雾的榉树；右手边的路则没入一个潮湿的小峡谷，陡峭的崖壁令人望而生畏，到处是长满青苔的大圆石。

让他们哀叹的是，小狼居然选了右手边的路。

"这不对吧！"芮恩不禁叫道，"圣山明明就是在北方啊！为什么他一直要往东边走呢！"

托瑞克摇了摇头，"我也觉得不大对，但他似乎相当确定。"

芮恩嗤之以鼻。她显然又开始怀疑。

看着小狼耐心等候他们跟上来的模样，托瑞克忍不住觉得非常心疼。这只小狼也不过四个月大而已。这么小的幼狼应该在窝里面玩，而不是在山里闯荡。"我想，"他说，"我们应该信任他。"

"嗯。"芮恩喃喃说道。

他们俩于是将背包高高吊在肩上，就进入了峡谷。

他们没走十步就知道峡谷并不希望他们在这里。高耸的云杉伸长了手臂警告他们后退。一块大圆石掉落在他们面前，另一块撞击芮恩正后方的小路。腐尸的臭味愈来愈浓。但是，如果这股气味是出自一个猎杀的场景，那也太奇怪了，因为他们完全没有听到乌鸦的叫声。

大雾愈来愈浓，到最后只看得到前面两步远的距离。他们只听得到蕨丛里的雾水滴滴答答，以及溪水在长满羊齿类植物的河岸间汩汩流过。托瑞克开始在浓雾中看到熊的身影，他仔细看着小狼是否露出警戒的神色，却只见小狼无所畏惧地勇往直前。

到了中午，或者说感觉应该是中午，他们终于停下来休息。小狼躺在地上喘气。芮恩卸下了背包。她的两颊消瘦，头发也湿透了。"我看到那边有一些芦苇，我去编顶帽子来戴。"她把他们的箭袋和弓都挂在树上，就越过一大片羊齿植物而去。小狼站起身来，跟在她后面。

托瑞克蹲在溪边把水壶装满。没多久他就听到芮恩回来。"这么快？"托瑞克说。

"**出去！**"从他后面传来一声怒吼，"滚出行者的山谷，或是让

134

我割断喉咙。"

丰丰

托瑞克急忙转身，发现自己正仰头看着一个脏得不得了的男人用刀子指着他。

在那瞬间，他看到了一张毁坏的脸，看起来就像树皮一样粗糙；及腰的乱发粘满了污垢；穿了一身黏糊糊绿色芦苇织成的斗篷。至少，他终于明白那股腐尸的恶臭是从何而来，原来这个男子的脖子上挂了一只早已腐烂的死鸽。

事实上，这个人身体的每一部分似乎都在腐烂：从化脓凹陷的一只眼睛，到牙齿掉光的黑色牙龈，还有他显然破裂过的鼻梁，鼻孔还挂着黄绿色的一圈黏液。"**出去！**"他怒吼着挥舞一把绿色的石板刀。"纳瑞克和我说'出去！'"

托瑞克赶紧双手握拳交叉放在胸前表示友好，"请求你！我们以朋友的身份前来。我们无意伤害你。"

"但你们每次都伤害！"那个男人咆哮着，"你们把它带进了这个美丽的山谷！我看了整个晚上。整晚，我都监视着你们是不是会给山谷带来伤害！"

"什么伤害？"托瑞克着急地说，"我们并不是故意的！"

蕨丛里有一阵骚动，小狼冲出来投入托瑞克的怀里。托瑞克紧抱着小狼，感觉到他的小心脏跳得很快。

那个人并没有注意到这一切，反而听到芮恩从后面慢慢靠近。"想偷袭，是不是？"他怒吼一声，随即踉跄转身，用刀指着她的脸。

她赶忙往后一退，这更激怒了他。

"你想要让它们掉到水里吗？"他叫道，一把捉起他们挂在树干上的弓和箭袋，高高举在溪流的上方。"你想要看到它们游泳吗？这些漂亮的箭，还有亮亮的弓。"

135

芮恩吓得说不出话来，只是死命摇头。

"那你们就快把刀子和斧刀丢掉，否则看它们掉进去？"

两人都知道眼前别无选择，于是乖乖把剩下的武器丢到他的脚边，眼睁睁看他把武器扫到自己斗篷底下。

"你到底要我们怎么做？"托瑞克说，现在他的心脏也和小狼的跳得一样快。

"滚出去！"那个人咆哮着，"我已经告诉过你们！**纳瑞克**告诉过你们！纳瑞克生气是很可怕的！"

芮恩和托瑞克不约而同地环顾四周，搜寻他口中所说的纳瑞克，却只看到湿湿的树木和浓雾。

"我们本来就要出去的。"芮恩说，同时紧张地望着自己的弓被握在那只巨大无比的手里。

"不是在山谷上面，要出去！"他指着峡谷的另一边。

"可是我们不能从那边出去，"芮恩说，"那边太陡了。"

"不要玩花招！"行者怒吼，用力把芮恩的箭袋丢进溪里。

芮恩一声尖叫就要冲过去，但托瑞克及时把她拉住。"太迟了，"他对她说，"已经不见了。"溪流比表面上看起来更深、更急。她心爱的箭袋在转瞬间无影无踪。

芮恩转头对行者怒吼："我们本来就要出去，你根本没有必要这么做！"

"有必要，"行者说，露出他没有牙齿的黑色牙龈，"现在你们才会知道我是说真的！"

"算了！芮恩，"托瑞克说，"我们就照他的话做吧。"

芮恩怒气冲冲地拿起她的背包。

他们这一路上并不容易，但从来没有像现在这么辛苦。行者一直在后面拼命赶着，强迫他们爬上一条陡峭无比的麋鹿小径，有时候还必须四肢着地爬过去。芮恩在最前面，脸色铁青，仍为了她的箭袋心痛不已，小狼很快就开始落后。

托瑞克转身想帮小狼，但行者伸手往他眼前一指，"快！"他喝道。

芮恩这时候忽然插嘴："你是水獭族的，对不对？我认得你们的刺青。"

行者盯着她看。

托瑞克逮住机会，赶紧过去一把抱住了摇摇欲坠的小狼。

"曾经是水獭族。"行者喃喃说道，抓抓自己的脖子，只见他干枯的颈部粗皮上刺有波浪状的蓝绿色条纹。

"你为什么离开族人？"芮恩问道，看来她正努力想忘记箭袋的事情，想办法和他友善交谈，以便顺利脱逃。

"没离开，"行者说，"水獭族离开我。"他说着扒下脖子上那只死鸽的一个翅膀，放进他无牙的嘴里吸，还拉出一大圈黏液。

托瑞克看得简直快呕了，芮恩更是吓得面无血色。

"我正在做矛头，"他吐着腐臭的气息说道，"火石飞到我的眼睛，咬了我的头。"他说了哈哈大笑，喷了他们满脸的口水。"我被咬到的地方恶化，愈合，又恶化。最后，我的眼睛掉出来，被一只乌鸦吃了。哈！乌鸦喜欢吃眼睛。"

然后，他的脸皱成一团，用拳头敲着自己的头。"啊，可是好痛，好痛！所有的声音都在吼，灵魂在我的脑袋里打架！所以水獭族就把我赶走了！"

芮恩故作镇定。"我的一个族人也像这样失去了一只眼睛，"她说，"我的氏族和水獭族很友好。我们无意伤害你。"

"或许，"行者把一根骨头从嘴里拿出来，小心翼翼地藏在斗篷底下，"可是你们会带来它。"突然间，他停下来，凝望着斜坡，"但是我快忘了。纳瑞克跟我要榛果！榛果怎么都不见了？"

托瑞克紧抱着怀里的小狼。"你认为我们带来的伤害，"他说，"你是指——"

"你们知道我指的是什么，"行者说，"大熊厉鬼，厉鬼大熊。

我告诉他不要召唤它的！"

托瑞克顿时停下了脚步。"告诉谁？你是说那个残废的浪人吗？那个把熊造出来的人？"

眼前晃动的刀子提醒他继续往前走。"那个残废，当然就是他！那个智者，总是要厉鬼帮他做事。"他发出另一阵笑声，"但是狼族少年对厉鬼一无所知，不是吗？甚至根本不知道什么叫厉鬼！我一看就知道！"

芮恩看起来很惊讶。托瑞克避开她的眼神。

"我知道它们，"那个人继续说，眼睛仍在斜坡上搜寻榛树，"没错。在我被火石击中之前，我本身也是智者。我知道如果你死去的时候失去了你的名字灵魂，你就会变成鬼魂，忘了自己是谁。我一向为鬼感到难过。但是你失去的是氏族的灵魂，就会变成可怕的厉鬼。"

他把身体往前倾，吐出腥臭的口气，把托瑞克熏到发昏。"你想想，狼族少年。失去氏族的灵魂，就会变成一只厉鬼。即使有'纳路亚克'的原始力量，却没有任何氏族感受来加以驯服，只有一种被剥夺的愤怒。难怪它们会如此痛恨生灵。"

托瑞克知道行者所言不虚。他亲眼见过这样的恨意，杀死父亲的正是这种恨。"那个浪人呢？"他沙哑地问，"那个提到厉鬼，并且把它困在大熊身体里的人呢？他叫什么名字？"

"啊，"行者说，用手示意托瑞克继续往前走。"如此明智，如此聪明。一开始，他只捉小的厉鬼，滑行者和疾奔者。但他们永远无法满足他，他永远想要更多。所以他叫出了咬噬者和猎杀者。但他还是不满足。"他咧嘴一笑。再度用恶臭的口气熏了托瑞克一脸。"到最后，"他低声说，"他召唤了一个——原灵。"

芮恩倒抽一口气。

托瑞克一头雾水。"那是什么？"

行者笑了。"啊，她知道！乌鸦族少女知道！"

芮恩和托瑞克四目交接。她的双眼非常地深沉。"那是最强的灵魂，也是最强的厉鬼。"她说着舔了一下嘴唇，"当一个极端强大的生命死去，像一个瀑布或一条冰河，而且它的灵魂散落开来，就会变成'原灵'。原灵是最强大的厉鬼。"

小狼挣脱托瑞克的怀抱，一溜烟躲进蕨丛里。一个原灵，托瑞克思考着，整个脑子乱哄哄。

但这些关于厉鬼的谈话让行者更加火冒三丈。"啊，它们真是痛恨生灵啊！"他哀鸣着，身体摇来摇去，"太亮了，太亮了，所有这些闪耀光彩的灵魂！好痛！好痛！都是你们的错，狼族少年和乌鸦族少女！是你们把它带到了我美丽的山谷！"

"但我们已经快出山谷了。"芮恩说。

"是啊，你看，"托瑞克说，"我们几乎快到达山顶了。"

可是，行者已经无法平静下来。"你们为什么要这样？"他发出怒吼，"为什么？我从来没有伤害过你们啊！"他举起他们的弓在头上挥舞，捉住弓的两端，好似要把它们折断。

芮恩这时候已经忍无可忍。"你敢！"她吼着，"你要是敢弄坏我的弓！"

"后退！"行者咆哮，"否则我就折断它们！"

"你给我放下来！"芮恩不甘示弱地跳上前去，试图夺取他手中的弓。

情势刻不容缓，托瑞克赶忙打开他的食物袋，伸出了自己的手心。"榛果！"他叫道，"榛果给纳瑞克！"

这招果然奏效。"榛果，"行者喃喃说着，把他们的弓往石头上一丢，抢过托瑞克手里的榛果，然后一屁股坐下，从斗篷里拿出一块石头，开始敲开榛果外壳。"嗯，又香又甜。纳瑞克会很高兴。"

机不可失，芮恩悄悄捡起地上的弓，抹去弓上的淤泥。她把托瑞克的弓递给他，但他并没有伸手来接。他正盯着行者用来敲榛果壳的石头。"谁是纳瑞克？"托瑞克说，刻意让行者和他说话，以便有机会仔细端详。"他是你的朋友吗？"

"我可以清楚地看到他，"他喃喃地说，"为什么狼族少年看不到？你的眼睛有问题？"说着他把手伸进自己的斗篷，拉出了一只龌龊的棕色老鼠。只见它的前爪捉着一个榛果，因为被打扰而满脸牢骚的样子。

托瑞克眨了一下眼睛。老鼠吱了一声，就回去吃它的大餐了。

行者用他丑陋的手指温柔地轻抚小鼠隆起的背。"啊，我正在领养啊。"

那块石头被他弃置在地面。和托瑞克的手差不多大小，就像一只用黑亮岩石做成的弯曲尖爪。

既然有石头做成的爪子，是不是也会有石头做成的牙齿？托瑞克转过去看芮恩一眼，她这时也注意到了。而且从她的表情看来，她也有着同样的心思。"万物中至古，岩石的咬噬。""纳路亚克"的第二项。

"那块石头，"托瑞克小心翼翼地说，"是否可以请行者告诉我，你是从哪里拿到的？"

行者抬起头来，"石头的嘴巴，"他说，"很久以前，时机很坏。我在躲藏。水獭族的人把我赶出来，但我尚未找到我美丽的山谷。"

托瑞克说："石头嘴巴里是不是有石头牙齿？"

"废话！"行者怒吼，"不然它要怎么吃东西？"

"我们要到哪里才能找到它？"芮恩说。

"我不是说了吗，在石头嘴巴里！"

"那个长有石头嘴巴的东西又在哪里呢？"

突然间，行者的脸垮了下来，状极疲惫。"坏地方，"他喃喃说，"非常坏，那狼吞虎咽的大地。到处都是看守。他们看着你，你却看不到他们。直到一切都已经太迟。"

"请告诉我们，要如何找到它。"托瑞克说。

第十九节

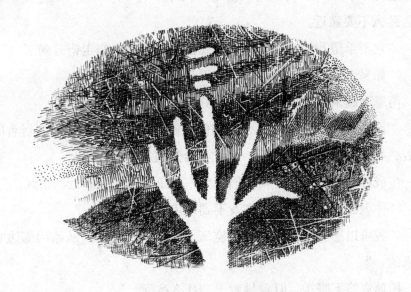

"怎么可能会有一个石化的生物吗？"芮恩很不耐烦地说。自从她的箭袋被丢掉之后，她的心情就一直好不起来。

"我哪知道啊。"托瑞克说了第十次了。

"而且是哪一种生物？野猪？山猫？我们应该问一下的。"

"他大概也不会告诉我们。"

芮恩把手放在腿上，摇着头。"我们已经照着他的话做了。我们走了整整两天。穿越了三个山谷。沿着他说的那条溪。什么也没有。我猜他是在敷衍我们。"

托瑞克其实也是这么想，但是不想承认。走了两天，雾还是没有散去。感觉有点儿怪。这个地方的一切都很不对劲。

在经过一番劝说后，行者归还了他们其余的武器，并且放他们上路。他们遵照他的指示，从多石的灰色山脚边的溪流出发，并沿着蜿蜒的路径抵达山顶。有一股荒凉而险恶的感觉。高耸的桦树在迷雾中显露身影。他们放眼望去，到处都是发光的赤裸岩石，整个山丘好像都被磨光了。唯一听得到的声音是一只啄木鸟"叩叩叩"的敲击声，警告敌人不要靠近。

"它不希望我们在这里，"芮恩说，"或许我们走错方向了。"

"如果走错了，小狼应该会告诉我们。"

芮恩看起来很不以为然。"你到现在还相信这个？"

"没错，"托瑞克说，"我相信。倘若不是小狼带我们到行者的山谷，我们也不会看到石爪，也就不会知道石牙的事了。"

"或许。但我还是觉得我们走太东边了，这样太靠近高山区。"

"你怎么知道，我们根本看不到十步以外的地方。"

"我可以感觉到。这冰冷的空气，有没有？显然是从冰河那边吹过来的。"

托瑞克停下脚步，盯着她看。"什么冰河？"

"群山脚下的那条冰河啊。"

托瑞克咬咬牙。他真不喜欢这样，什么都不知道。

他们沉默地往上爬，很快就听不到那只啄木鸟的声音。托瑞克开始非常不安地发现他们制造出来的噪音：他自己的背包咯吱咯吱，芮恩快步前进时脚下的小石子喀嚓喀嚓。他可以感觉到那些岩石也在倾听，那些扭曲的树木悄然警告他不要再往前走。

突然间，芮恩转过头来，颤抖着对他说："我们搞错了！"她喘着气，眼睛睁得大大的，似乎很害怕。

"你在说什么？"

"行者从来没有说那是一个石化的生物！是我们自己说的。他只说那是一个石头嘴巴！"她说着捉住他的手臂，把他拉上山丘。

地面整个平坦，路径也到了终点。在一阵打旋的迷雾中，托瑞克碰到路的尽头。当他定神看着眼前的一切，心中顿时充满了恐惧。

在他们面前，赫然是一面高耸的石脸，像乌云一样惨灰。在岩壁脚下，有一棵孤零零的紫杉树在守护，只见一个漆黑的洞穴，宛如一声沉默的尖叫：一张狼吞虎咽的石嘴。

"我们不能进去。"芮恩说。

"我们——我——必须进去，"托瑞克说，"这就是行者提到的石嘴。他就是在这里找到石爪的。我应该可以在里面找到石牙。"

往前一看，石洞口感觉比他想得更小，一个非常阴暗，比他肩膀还矮的半圆形。

"小心一点儿。"芮恩提醒他。

洞穴的地面一下子往下滑。随之而来的是冰冷的流动：一股辛辣的气流，像一只从未见过天日的古老生物所吐露的气息。

"坏地方，"行者是这么说的。"非常坏，那狼吞虎咽的大地。到处都是看守。"

"你的手不要乱动。"芮恩在旁边说。

抬头一看，托瑞克吓了一大跳，发现自己的手指还差一丁点儿就碰到一只深深镂刻在岩石里的巨手。他赶紧把自己的手缩回来。

"那是警告，"芮恩低声说，"你有没有看到中指上的三条横棍？那是代表力量的线条，赶走邪灵。"她往前靠近一点端详，"很古老。非常古老。我们不能进去，里面有东西。"

"什么？"托瑞克说，"什么东西在里面？"

她摇摇头。"我不知道。或许那是一个通往异世界的入口。但肯定是不好的东西，否则不会有人刻了这只手示警。"

托瑞克想了一下。"我想，我别无选择。我要进去，你留在这里等。"

"不要！我要跟你一起去。"

"小狼不能进去，他一定受不了那个味道。你留在这里陪他。如果我需要帮忙的话，我会呼救。"

这样就花了好一会儿，不过，他说着说着也等于是在说服自己。

准备要进去了，他先把身上的弓箭卸下来，放在洞口的紫杉树下，还有背包、睡袋和水壶，然后他卸下腰带上的斧刀。在黑暗的洞穴中，唯一派得上用场的只有小刀。最后，他割了一条生皮绳，以便系住小狼。小狼扭动身躯挣扎，直到托瑞克耐心对他解释，要他乖乖和芮恩在这里等。幸好芮恩从食物袋里拿出了一把越橘干果。但是，托瑞克不知道要怎么告诉小狼，他一定会回来。狼的语言里似乎从不讲到未来。

芮恩给了他一根花楸树枝护身，还有一个绑有绳索，鲑鱼皮制的连指手套。"记住，"她说，"如果找到了石牙，千万不要用手直接摸。还有，最好把那对河眼留在我这里。"

她说得对。如果他把"纳路亚克"带到洞穴里，指不定会发生什么奇怪的事情。

托瑞克带着一种卸下沉重负担的怪异感受，把那个乌鸦皮的袋子交给芮恩，她则把东西系在腰带上。小狼转动着耳朵看着这一切，仿佛那个袋子发出了某种噪音。

144

"你会需要照明。"芮恩说,并且因为可以做些实际的事情而感到高兴。她从背包里拿出两个灯芯,事先浸过鹿油,并在阳光下晒干。她击打火石,先点燃了一根卷曲的杜松皮制的火种,然后点燃了其中一个灯芯:成为一个光明、清晰而让人心安的火焰。托瑞克由衷感激。

"如果你需要帮忙,"她说着低下身子,跪坐在小狼的旁边,拥着他,好让自己不再发抖,"就大叫。我们会飞奔过去。"

托瑞克点点头。然后,他弯下身子,钻进了石洞口。

他摸索着墙壁,感觉滑滑的,像死肉。

他摸索向前,用双脚感觉路的方向。灯芯暗了下来,变成小火光。黑暗中传来一股腥臭,非常呛鼻。

跌跌撞撞走了几步,他逐渐攀上了岩壁。洞穴愈来愈小,好像进入咽喉般狭窄的通道,他必须侧身穿越。他闭上眼睛,挤了进去。感觉真的很像被吞了进去。他简直无法呼吸。他一直想着,那张石脸的重量压迫着他……

空气感觉变凉了。但他仍在通道中。只是比较宽了,陡然转向右边。他不禁回头往后看,日光消失了,芮恩和小狼也消失了。

腥臭味愈来愈浓,托瑞克只听见自己的呼吸声,只看见隐约发光的红色岩石。

他的左侧忽然感觉一阵冰冷,差一点跌倒。脚下的小石子发出咯咯声,继而落入沉静的无底深渊。

左手边的墙消失了,他正站在一片伸向黑暗的狭窄岩架上。从脚下深不可测的空间里,传来一声"叮咚"的回声。只要一个不小心,就会跌入万丈深渊。

又是一个转弯,这一次是往左边,他脚下的一块岩石倾斜了。他惊呼一声,伸手寻找攀附,及时稳住了身体。

他呼叫的声音似乎惊扰了什么东西。

他定住不动。

"托瑞克？"芮恩的声音听起来很遥远。

他不敢应答。他所惊扰的东西再度平静了下来，但那是一种恐怖而静待的沉寂。它知道他在这里。"到处都是看守。他们看着你，你却看不到他们。直到一切都已经太迟。"

他强迫自己往前。往下，一直往下。腥臭味像潮水般袭来。**用嘴巴呼吸**，他的脑海传来一个声音。以往当他和爸爸进入腥臭的猎杀地点或充满蝙蝠的洞穴时，他们都会这么做。于是，他试着这么做，臭味似乎变得比较可以忍受，只是他的眼睛和喉咙还是觉得很难受。

突然间地势平坦，他四周的空间开阔了起来。微弱的光线从某个地方透出来，因为他可以看到眼前是一个阴暗的巨大洞窟。难闻的气味几乎无所不在。他已然置身大地腥臭而潮湿的肠胃里。

他原先站立的岩架终止，在洞窟的正中央，有一块很大的石片，宛如黑色的冰块，闪闪发光。仿佛已经矗立在此数千年，与世隔绝。即便是站在二十步之外，托瑞克仍可以感受到它的力量。

行者原来就是在此找到石爪。所以，在洞穴的门口会有一只警告的巨手。这就是成群看守所护卫的所在：通往异世界的入口。

托瑞克无法再往前走一步。这种感觉就像是从沉睡中乍醒，身体完全无法动弹。

为了让自己冷静下来，他用空出来的那只手握住腰间的刀鞘，感觉有点温暖，这给了他一股力量，慢慢往下走到洞窟的地面。

脚一碰触到地面，他立刻惊呼，靴子陷了进去。一片腥臭的柔软不断把他吸进去。"那狼吞虎咽的杀戮大地……"

他的叫声在岩壁上回荡，然后，他听到一阵鬼祟的移动。有一个黑暗的东西向他俯冲过来。

完全无处躲藏，无处奔逃。脚下的软泥像流沙般吸住靴子。一股臭气从头顶往下冲，那个东西已经飞到他的头顶：黏糊糊的羽毛盖住他的嘴巴和鼻子，尖锐的爪子扯着他的头发。他在惊恐中嘶吼，击打那只沉默的攻击者。

终于，它"唰"一声飞走了。但他知道，它并没有消失。这只看守只是过来察看入侵者是何许人也。既然已经知道，就先飞走了。

但这只看守是什么东西？一只蝙蝠？一个厉鬼？这里究竟有多少看守？

托瑞克使尽全力往前走。迈向石片的所在地，走到一半跌倒了。这股腥臭真是令人难以忍受。他在令人窒息的黑暗中咬紧牙根，什么都看不见，甚至无法思考。连他的灯芯都变黑了，黑色的火焰在头顶摇曳……

他努力站起身来，像游泳换气一样，用力摇动身子，挣脱束缚。他的心里觉得稳当多了。黑色的火焰再度变回黄色。

好不容易终于走到那块巨大的石片边。在那古老的平滑石面上，有六只石爪排成螺旋状，第七只是空的，显然是被行者拿走了。中间则是一颗孤零零的黑色石牙。

"万物中至古，岩石的咬噬。""纳路亚克"的第二项。

他感到汗流浃背，不知道如果碰了那个东西，会爆发出怎样的力量。

他伸出自己的手，但随即缩了回来，适时想起了芮恩的警告："不要直接用手去摸'纳路亚克'。"

手套呢？一定是弄掉了。

他拿着灯芯四下搜寻，伸手在发臭的土里翻找。那种晕眩的感觉再度袭来，灯芯再度变暗……

幸好，他及时找到了手套，把绳索绑到腰带。使劲套上，这才伸手去拿石牙。

灯芯照在石块后方的岩壁上，点亮了几千双的眼睛。

当他把手移到石牙的上方时，他缓缓地前后移动灯芯。火光捕捉到数千双眼睛的流光。只要他伸手拿了石牙，他们就会飞扑过来。

突然间，同时发生了好多事情。

从很远的地方，传来小狼尖锐的吠叫声。

芮恩尖叫："托瑞克！它来了！"

成千的看守往他身上扑过来。

灯芯熄灭。

有东西击中了他的背部，他的身子往前倒向石块。

芮恩再度尖叫："托瑞克！**那只熊！**"

第二十节

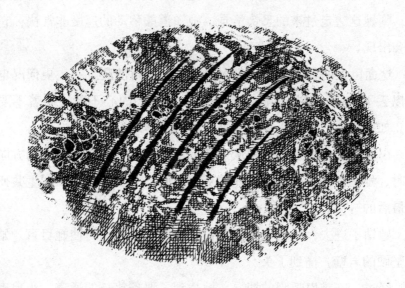

芮恩紧抱着托瑞克的箭袋，冲到路径的边缘，脚绊到了树根，散落一地的箭。她的喉头发出恐慌的呼声。该怎么办？我该怎么办？

不久前，她正焦虑地走来走去，一群绿色的鸟儿群起飞向紫杉树多汁美味的粉红果子，小狼不安地拉扯着绳索，发出警惕的吠叫声，托瑞克应该可以听懂，但芮恩只知道他在担心。

然后，鸟儿叽叽喳喳飞入了云间，她往山丘下张望。迷雾散开了一个空缺，她清楚地看到小溪流过云杉树丛，旁边有一块巨大的黑色圆石。然后，她看到，圆石动了。

她在惊吓中动弹不得。眼睁睁地看着恶熊用后脚站起来，整个身体靠到云杉树上，摇晃着它硕大的头，嗅着空中的气味。然后，它显然捕捉到她的气味，顿时四脚着地。

这时候，她开始跑向洞穴，对着里面的托瑞克发出警告。但是没有回答，只听见自己的回音。

现在，浓雾再度逼近，她满地摸索找箭，心中浮现恶熊爬上山丘，朝她这边走过来的恐怖情景。她知道熊移动的速度非常快，它随时会出现。

这面巨大的石脸对她来说太过陡峭，不可能爬上去，更何况也不可以丢下小狼。唯一的路只有洞穴，但她的内心不断尖叫着不要进去。如果进去，无异于瓮中之鳖，再也出不来了。

小狼拉扯着绳索，把她从惊慌中唤醒。他把她拉向洞穴的方向，顿时，她明白小狼是对的。托瑞克在里面。至少他们可以同生共死，做最后的一搏。

她钻了进去，拉着他们的背包和睡袋。黑暗顿时使她目盲。她碰到坚硬的岩壁，撞到了头。

经过一阵难以呼吸的搜寻，她找到了那条狭长的通道。小狼率先进入，拖着她跟进。她转过来，很安静，很安静地侧身挤进去，然后，她两腿先进去，双手伸出缝隙，拉着一大堆行李。

150

当她把背包和弓箭往里拉的时候，心中燃起一丝希望。这个缝隙非常小，那只熊应该是钻不进来的。或许他们可以支撑……

有一股力量拉住了她肩上的水壶，让她感觉一阵剧痛。在晕眩中，她拉着小狼一起跌入了旁边的一个坑洞。

那只熊不可能这么快，她麻木地想。

洞穴口传来一阵阵嘶吼的回声，听得她全身都起了鸡皮疙瘩。

它不可能过得来，她这样告诉自己。保持安静，非常非常安静。

从洞窟的最里面传来了一声呼叫："芮恩！"

是托瑞克在呼救吗？还是他要过来帮她？她无法分辨。她叫不出声音。她什么都不能做，只能和小狼一起蜷缩在坑洞中，她知道自己距离那个缝隙太近了，只有两步之遥，但她已经没有移动的力量。有一种力量把她滞留住。她的眼睛无法离开那个缝隙透进来的日光。

日光变暗了。

明知道不应该如此，芮恩却仍然倾身向前，往缝隙里看。顿时，所有的血液都冲到了脑子里。她瞥见像恶梦般的黑色毛皮在无声无息中闪动，沾满黑血的凶恶利爪发出亮光。

一阵咆哮撼动洞穴。芮恩呻吟着，紧握双拳捂住自己的耳朵，只觉得那阵咆哮不断击打着她，永无止尽，直到她的头快爆炸了……

随之而来的沉静却和咆哮一样震撼。她拿开耳边的双拳，只听见了尘土的呢喃。小狼喘息着。除此之外，别无其他。

缓缓地，她不由自主地爬向缝隙，并且强拉着小狼跟上。

她再度看到日光。灰色的岩壁，紫杉树挂着晃动的果实。没有熊。

一阵令人战栗的嘶吼，如此靠近，她听见了上下腭的咀嚼，她闻到了杀戮的腥臭。然后，日光再度被遮蔽，一只眼睛赫然在她的眼前。比玄武岩还要黑暗，却翻搅着怒火，牵动着她——它要捉她。

她不禁倾身向前。

小狼把她拉了回来，及时打破了魔咒，她赶紧躲开，就在这个时候，那只死亡之爪已经在她原先跪坐的地上划出一道切痕。

恶熊再度发出咆哮。她再度蜷缩在坑洞里。然后她听到了新的声音：岩石的当啷声、一棵树垂死的呻吟。在盛怒中，恶熊伸出利爪不断在洞口肆虐，连根拔起了那棵紫杉树，把它撕得粉碎。

她呜咽着，用身体紧抵着坑洞。

这时候，她肩膀碰触的岩石忽然动了，她一声惊呼跳开来。

从另外一边，她听到石头被砸碎的声音，以及大地被抛掷的声音。她顿时明白一个可怕的事实。缝隙这一边的岩石原来并非她以为的洞穴一部分，而只是岩石从地床突出来的一块像舌头般的突起。恶熊正在挖掘它的根基：就好像在挖一个木蚁窝，以便逼出里面的木蚁。

她吓得满头大汗，转头去看小狼。

令她更为震惊的是，小狼已经不再幼小。他低着头，眼睛直视着缝隙以外的东西，黑色的嘴唇在低嗥中整个往后拉，露出凶恶的白色犬齿。

她痛下决心："绝对不能像木蚁般坐以待毙。"听到自己说话的声音，心中的勇气顿时油然升起。

她解开小狼脖子上的皮绳，还给他自由，或许他可以逃走，就算她和托瑞克逃不了。然后她伸手去摸自己的弓。那冰冷而光滑的紫杉触感，给了她一股力量。她站起身来，把精神集中在目标上，她想起了芬·肯丁给她上过的无数课程。这是最重要的事情，你必须集中全副精神，甚至用你的意志力在目标的身上烧出洞来……而且，要放松拉弓的手，肌肉不要紧绷。力量必须来自背部，而不是手臂……

"十四支箭，"她说，"就算必死无疑，也必须先给它一点颜色瞧瞧。"

她站出了坑洞，摆出拉弓的姿势。

托瑞克伸手抗拒那群向他蜂拥而至的看守。

爪子抓着他的脸和头发。污浊的翅膀覆盖他的嘴巴和鼻子。在一阵混乱中，他使尽全力拿出芮恩给的手套，伸手去拿石牙，比他想象的重。他扭动着身躯，把装有石牙的手套丢进自己的上衣里。

"芮恩！"当他努力把自己的身子拉离那块岩石的时候，他开始发出呼叫。但那些紧粘不放的翅膀捂住了他的声音。

他冲出臭气重围。但是灯芯熄了，他连自己眼前的手都看不见。

远远传来小狼微弱而焦急的吠叫：**你在哪里？危险！危险！**

他往声音的来源处走，一路上成群的看守依然围攻着他，把他整个人压倒在腥臭的泥地上。

他的脑海里闪过恐怖的景象，小狼和芮恩躺在地上死去，就像爸爸一样。为什么要把他们留在洞穴外？原以为是最安全的地方，却变成最危险的地方。

他怒不可遏地把刀子拔出鞘，对着那群看守不断挥舞。它们飞到高处躲避。"你们也会害怕，是不是？"他吼着，"看我的厉害！"他对着它们出刀威吓。它们又往上飞，像一朵碰触不到的黑云。他手中的刀柄变得温热起来。他一边怒吼一边冲出这腥臭的重围。

坚硬的岩石撞痛了他的脚踝。他已经走到了岩架。"我来了！"他赶紧跨上岩架，往斜坡爬了上去。

一声咆哮撼动了洞窟，让他顿时双膝着地。看守们群起而飞，像一朵云，瞬间消失得无影无踪。

在最后一声回音之后，是更叫人毛骨悚然的沉静。托瑞克开始意识到他膝盖底下的岩石。他上衣里的石牙在跳动。他挣扎着站起身来，沿着岩架往上跑。地势很陡，非常的陡。上面为什么没有声音了？究竟发生了什么事情？

他不断地往上爬，直到膝盖发疼、喉咙烧痛。他爬上了最后一个转弯处，一下子亮了起来，眼睛顿时睁不开了。

洞穴口离他只有五步远，而且比他记忆中的来得宽。他原先必须侧身挤过去的缝隙，如今已经被拉开，在缝隙面前站着芮恩娇小的坚毅身影，带着不可思议的勇气，拉着弓瞄准那朝她前进的硕大阴影。

在那一瞬间，托瑞克仿佛回到了那个和爸爸在一起遭受恶熊攻击的夜晚，震慑于那只被邪灵附身的眼睛里的恶意……

"不要！"他吼道。

芮恩放出了箭，那只熊伸出它的大爪一挥，就把箭扫到一边去了。但就在它准备向前展开杀戮时，小狼从黑暗中纵身一跃而出。它不是扑向恶熊，而是扑向芮恩。小狼扯下系在芮恩腰带上的乌鸦皮袋子，把她整个人扑倒，也因此躲过恶熊的扑杀。然后，他就从洞穴飞奔而出。

"小狼！"托瑞克惊呼并往前冲了过去。

小狼的前爪紧抓着小袋子，消失在迷雾中。恶熊以恐怖骇人的速度一转身，就追了上去。

"小狼！"托瑞克又叫了一声。

浓雾包围了他们，徒留空荡荡的山脚，好似在嘲笑他。小狼也不见了。

第二十一节

"你在哪里？"托瑞克发出孤寂的嗥叫，声音在那张硕大的石脸上回荡。

你在哪里？山谷的回音对他嗥叫。

他胸口那阵古老的痛苦再度被撕裂。先是爸爸，现在又是小狼。不，求求你，请不要夺走小狼……

芮恩眨着眼睛，呆立在洞穴口。

"你为什么要松开他的皮绳？"他叫道。

她摇晃着身躯，"我是不得已的，必须让他自由。"

托瑞克抓狂地怒吼一声，开始在废墟中四处搜寻。

"你在干什么？"芮恩说。

"找我的背包。我要去追小狼。"

"可是很快就天黑了！"

"难道就坐在这边干等？"

"不是！我们要先整理好行李，盖好帐篷，生好营火。然后我们开始等。我们等小狼回来找我们。"

托瑞克正准备回嘴。一回头才发现，眼前的芮恩浑身颤抖。一边脸颊上挂着一条血痕，另一边眼睛的上方肿了一块鸽子蛋大小的淤青。

他顿时羞愧不已。她独自面对那只恶熊，甚至有勇气对它射箭。他不应该这样大吼大叫。"对不起，"他说，"我不是故意的……你说得对。我不可能在黑暗中追到它。"

芮恩颓然坐在一块圆石上。"我真的不知道会这样，"她说，"我从来没想过会这样……"她说着用双手捂住脸庞。

托瑞克从瓦砾堆中挖出一支箭。箭杆已经断成两半。"你击中它了吗？"他问道。

"我不知道。反正也没差。用箭是不可能击倒它的。"她摇着头说，"前一秒它正要向我攻击，下一秒却转去追小狼，为什么？"

他把断箭丢到一边。"这重要吗？"

"或许。"她盯着他看，"你拿到石牙了吗？"

156

他几乎忘了这件事。现在，当他把手伸到上衣里，并拿出手套时，他真想把它丢掉算了。都是为了"纳路亚克"，小狼恐将性命不保。一想到再也没有清晨时光小狼为他梳理头发时的轻咬，再也不能和小狼兴高采烈地玩捉迷藏的游戏……托瑞克咬着自己的指关节，试图赶走恐惧。他不能承受失去小狼的痛苦。

芮恩接过手套，在手指之间翻转。"我们终于拿到了第二项'纳路亚克'，"她若有所思地说，"却失去了第一项。小狼为什么要拿走它？"

托瑞克好不容易拉回自己的心思，费劲思考芮恩所提出的问题。他的脑海闪过一丝记忆。"你记不记得，"他说，"当我找到河眼时，只有小狼可以听到它的声音，或是有某种感应。"

芮恩皱起眉头。"你觉得那只熊也可以吗？"

"所有这些闪耀光彩的灵魂，"他喃喃地说，"这是行者说的，厉鬼痛恨所有的生灵。它们痛恨灵魂的闪亮。"

"如果一般的灵魂已经太亮，"芮恩说着站起身，来回地走动，"'纳路亚克'不就更加闪亮——更加令人晕眩——不知多少倍。"

"这就是它攻击你的原因，因为你有河眼。"

"所以小狼才要拿走袋子。因为他知道。因为——"她停止走动，定神望着托瑞克，"因为他想为我们把熊引开。托瑞克，他救了我们的性命。"

托瑞克踉跄走到路径的边缘。浓雾终于散去，无尽的森林绵延到最西边。小狼独立对抗恶熊，能有多少胜算呢？

"一般来说，狼比熊更聪明。"芮恩说。

"但他只是一只小狼啊，芮恩，他甚至还不到四个月大。"

"但他同时也是一位守护者。就算别人不行，他也一定可以找到出路。"

小狼一路飞奔到榉树林，凉风在他的尾巴上吹拂，他的前爪紧捉着那个闪亮与歌唱的小袋子。

远远地，他听见"无尾高个子"的寂寞嗥叫。

小狼很想嗥叫回应，但他不能。随着风吹来的气息，他闻到了厉鬼的味道。他闻到了它的愤怒，和它恐怖的饥渴。他听见了它丝毫不显疲倦的呼吸。他感应到，它的恨意是一种从未有过的强烈痛楚：它恨他，更恨他爪中所握着的东西。

但小狼心里带着一丝愉悦，因为他很确定熊永远捉不到他。厉鬼速度很快，但绝对快不过他。

他不再觉得自己只是只小狼，老是必须慢下来等待那些可怜的"无尾"跟上来。他是一只真正的狼，迈开轻盈的狼步，在林间尽情奔驰。他陶醉于自己腿部的强而有力，以及背部充分的伸展；还有那运用自如的柔软度，足以在单次跳跃中冲到极速。放心吧，那只熊永远也不可能追到他！

有一股新的味道飘进他的脑海里：他正要进入一个属于陌生狼群的地盘。每走几步，他就闻到了它们留下的气味。他必须非常小心，如果被它们捉到，很可能会遭受攻击。当他感觉需要放出气味时，他先忍着，直到遇到另一条小小的河流，才把气味放到里面，以免在树边留下气味。这样才可以把气味冲走，免得被其他的狼和那只厉鬼闻到。

黑暗降临。小狼喜欢黑暗。在黑暗中，所有的气味和声音都会变得更清晰，而且他的视力还是像在光亮中一样好。

在前方不远处，那群陌生的狼开始夜间的嗥叫。这让小狼感到悲伤。他记得自己也曾和家人快乐嗥叫，也曾在睡觉时亲密相拥；舔舐彼此的口鼻，把气味磨蹭在彼此的身上；狩猎时互相鼓励，微笑与嬉戏。

突然间，就在小狼想到自己的家人时，他开始感到疲惫。他开始清楚地感觉到自己的脚掌撞击地面的岩石，脚底升起一阵痛楚。他受伤了。

恐惧侵袭着他，不可能永远跑下去，撑不了多久了。他现在已经跑到离"无尾高个子"很远的地方，也跨越了那群陌生狼的地盘。而那只厉鬼仍在黑暗中不断地追杀他。

托瑞克把他们仅存的行李拉进紫杉树干搭建的帐篷，踢了一下营火，溅起老高的火花。这样的等待真是煎熬。他从黄昏的时候就不断嗥叫，他知道这样可能会把熊引来，但小狼对他来说更重要。他究竟去哪里了？

这是一个漫天星斗的寒夜。不需要抬头看，就可以感觉到庞然公牛"欧罗克"的红眼在天上瞪视，幸灾乐祸地品味他内心的痛苦翻腾。

芮恩从黑暗中出现，捧了满怀的树叶和树皮。

"你去很久。"托瑞克简短地说。

"我需要找到适当的材料。还是没有狼的消息？"

他摇摇头。

芮恩在营火边蹲下，把怀里的东西放到地面。"当我在采集这些东西的时候，我听到号角声。白桦树皮的号角。"

托瑞克很害怕。"什么？在哪里？"

她朝着西边点头。"离这里很远。"

"是芬·肯丁吗？"

她又点了点头。

托瑞克闭上眼睛。"我还以为他应该已经放弃了。""他不会放弃，"芮恩说。她的语调中带着一丝骄傲，让他觉得有点不舒服。

"你难道忘了，"他说，"**他想要杀了我？'倾听者将他心的血奉献给圣山。'**"

她转过身来面对他。"我当然没忘！但我很担心，如果那只熊不在这里，那就是在他们那边。否则，芬·肯丁为什么要吹号角？"

托瑞克感觉很糟。芮恩在担心，他也在担心，吵嘴于事无补。

他解下皮带上那支他初遇小狼时用松鸡骨制成的口哨。"拿去，"他递给她，"这样你也可以呼叫小狼了。"

她有点讶异地看着他："谢谢。"

接着一阵沉默。然后，托瑞克问她为什么要采集那些药草。

"为了石牙。我们必须找出方法掩盖，免得被熊发现。否则，它就会追踪到我们。"

就像它追踪狼一样，托瑞克想着更觉心痛。"如果花楸叶和袋子不能掩盖河眼，"他说，"那你又凭什么认为树皮和苦艾草会有用？"

"因为我要用它们来施法，"她咬着嘴唇说，"我正努力回想莎恩做过的。她一直想教我巫术，而我总是偷溜去狩猎。我真希望当初有认真学。"

"至少你还知道怎么做。"托瑞克喃喃地说。

"万一我做错了呢？"

他并没有回答，只感觉天上的红眼在嘲笑他。现在就算小狼找到了回来的路，还是会把那只恶熊引来，因为河眼的牵引力量。而小狼唯一能够摆脱恶熊的方式，就是丢掉河眼，但那就表示他们再也没有机会摧毁那只熊。

一定会有出路的，只是托瑞克到现在还看不出在哪里。

小狼很快就累了。已经没有出路。

现在，那只熊已经落后很远，无法再感应到河眼，但它仍然根据气味在追踪他，而且不会轻易放过他。当他终于慢下脚步，就像他疼痛不堪的脚掌所渴望的，那么，它很快就会追到他。

那群陌生的狼早就已经停止嗥叫，在遥远的高山深处狩猎。狼很想念它们的嗥叫声。现在，他觉得彻底孤寂。

风转了方向，他捕捉到另一种气味，驯鹿。狼从未猎过驯鹿，但他很熟悉它们的气味，因为母亲以前总会给他一些长在鹿头上的枝干，还悬着毛皮，好吃又好咬的碎片。而今，当他闻到下一个山谷传来的驯鹿群气味，不禁涌起一阵血腥欲望，这让他的肢体顿时感到活跃，内心浮现一丝希望。只要能够跑到那些驯鹿……

当他攀上斜坡，成群鹿蹄的轰隆声愈来愈近。突然间，庞然的猎物映入眼帘，高高抬起树枝般的头，跨着硕大的鹿蹄，簇拥在榉树林间，宛如一条无可抵挡的河流。

狼纵身一跃，跳进了鹿群间。当他沐浴在浓郁的麝香味里，它们成群包围着他。一头公鹿对他攻击，狼躲开它头部的树枝；一头母鹿对他出声威吓，警告他离小鹿远一点，他从它的腹部底下窜过去，躲开它踢踏的鹿蹄；当鹿群发现小狼无意猎杀它们，就完全忽略他的存在。他跑上了山谷，他的气味已经完全混在鹿群的麝香味中。

他跟着鹿群离开了榉树林，往一片云杉树林奔去。岩石变得更大，树变得更小，然后，只见树林被留在当地，鹿群蜂拥到一片奇特的岩石平地，那是他从来没有见过的景象。

从风中的气味判断，狼知道这片岩石在黑暗中绵延了好几个斜坡，而且再过去的地方乃是冰河。那是什么？他不知道。但那边再过去有某样东西在召唤他，从他在第一个窝开始，就一直牵引着他。

在他后方的远处，传来厉鬼的怒吼。它已经追踪不到他的气味！狼在兴高采烈之际把那个乌鸦皮制的袋子丢到空中，再稳稳地接住。

突然间，他听到了另一个声音。非常微弱，但确切无疑，那就是"无尾高个子"把鸡骨放到口鼻时所发出的，高频而平板的呼叫。

接着他听到另一个更可爱的声音，那是"无尾高个子"本人用嗥叫在呼唤他！那是这座森林里最美好的声音！

驯鹿继续往前走，但小狼知道他必须回去，再度回返森林。现在还不能去冰河，以及那召唤他的所在，他必须先回去带"无尾高个子"。

第二十二节

芮恩蜷缩在睡袋里，正想着该起床，托瑞克忽然现身在营帐口，吓了她一大跳。

"准备要动身了。"他蹲坐在营火边，递给她一片鹿肉干。从他的黑眼圈看来，他也没睡好。

她坐起身来，漫不经心地咬了一口日餐。她脸颊上的划伤感觉发烫，眼睛上方的瘀伤也很痛。但这一切都比不上心中的深切恐惧。不仅是因为他们离洞穴很近，或是害怕那只恶熊追来。还有其他的，她不愿意去想的事情。

"我找到路径了。"托瑞克的话打断了她的思绪。

她放下嘴边的肉干，"它们往哪边去了？"

"西边。从山丘的另一边，然后往榉树林。"他摆弄了一下营火，消瘦的脸上充满焦虑，"熊就跟在他后面。"

芮恩在心里想象着小狼奔过森林，而恶熊在后一路追赶。"托瑞克，"她说，"你应该知道，如果我们去追小狼，也就等于是在追熊。"

"我知道。"

"如果我们赶上了熊……"

"我知道，"他打断她的话，"但是我等不下去了。我们已经等了一个晚上，什么消息也没有。我们要去找他。至少我要去，你可以留在这里。"

"不要！我当然要跟你去。我只是说说。"她看着挂在营柱上的鲑鱼皮手套。

"你觉得那会管用吗？"托瑞克跟着她的眼光看过去。

"我不知道。"

至少根据她昨天的解释，那个咒语听起来相当聪明。"当有人生病的时候，"她郑重其事地说，"通常是因为吃了不好的东西。但有时候，也可能是因为灵魂被厉鬼骗走。生病的灵魂必须被夺回。我看过莎恩做过很多次。她会在指尖绑上小鱼钩，这样有助于寻找迷失的灵魂，然后，她会服用一种特殊配方，以便从身体释放出自己的灵魂，出去寻找。"

"这跟'纳路亚克'有什么关系？"

"我正要说，"她用安抚的表情说，"为了寻找失落的灵魂。莎恩必须先隐藏自己的灵魂，不让厉鬼发现。"

"也就是说，只要你如法炮制，就可以隐藏'纳路亚克'，不被那只熊发现？"

"我是这么想，是的。为了隐藏她自己，她都会用苦艾和黄土来抹脸，然后戴上一个花楸树皮的面具，用每一位氏族成员的头发来绑住面具。我准备照做。嗯，尽可能照做。"

在那之后，她用折叠的花楸树皮做了一个小盒子，并且涂上苦艾和红土。然后她把石牙放在里面，最后再用她和托瑞克头发合编的结来绑紧。

这样至少有点事做，总比一味担心小狼来得好，她以自己为荣。但现在，在寒气冻人的清晨，她的心中涌现出许多怀疑。毕竟，她哪里懂什么巫术？

"好了，"托瑞克跳起身来说，"踪迹很清晰，光线很好很柔。"

芮恩从营帐里望出去。"那只熊呢？它可能已经追踪不到小狼的气味，所以转过身来找我们了。"

"我不认为，"他说，"我想它还在追小狼。"

不知为什么，她并没有因此觉得好过一点。

"怎么了？"托瑞克说。

她叹了口气。她真正想说的是："我真的真的好想念我的族人；我好怕芬·肯丁永远也不会原谅我帮你逃走；我觉得我们现在要去追踪熊，根本就是自杀的疯狂行径；我有一种恐怖的预感，我们会到一个我最不想去的地方；我很担心，我根本就不应该在这里，因为我不像你，我并不是倾听者，预言并没有提到我，我只是芮恩。但多说无益，因为你一心只想找到小狼。"所以，到最后她只是简短地说：
"没有，没什么。"

托瑞克对她投以一个不相信的眼神，然后开始把营火踩熄。

整个早晨，他们都沿着路径走，先穿越了榉树林，然后再穿越一片云杉树林，转向东北，缓缓地往上攀爬。托瑞克追踪的本领一如往常，依然让芮恩叹服不已。他仿佛中了魔怔，巨细靡遗地检视道路上的蛛丝马迹，并且往往能够找出一些连大部分成年猎人都会漏失的细微线索。

当他停下脚步，已经过了下午，光线开始变弱。

"怎么了？"芮恩说。

"嘘！我好像听到了什么。"他用手圈住耳朵倾听，"那边！你听到了吗？"

她摇了摇头。

他的表情从严肃转成满脸笑意。"是小狼！"

"你确定吗？"

"不管到哪里，我都会认得他的嗥叫声。快走，他就在那边！"他伸手指向东方。

芮恩的心往下沉。不，我不要去东方，她心想。不要去东方。

托瑞克跟着声音往前走，路上出现愈来愈多的岩石，树木的高度则相对降低，到后来，所有的榉树和柳树都只到他们腰部的高度。

"你确定他在这里吗？"芮恩说，"如果我们继续往前走，就会碰到荒原。"

托瑞克根本没在听她说话，他早就跑到前头，消失在一块大圆石后方。过了一会儿，她就听到他兴奋的呼叫。

她匆忙爬上斜坡，转到圆石后面，迎面而来的是一阵凛冽的冰河北风。她不禁蹒跚地往后退几步。他们已经到达森林的最边缘，同时也是荒原的最边缘。

在她的眼前，是一片绵延无尽的荒地，只有低低的双子叶植物——石南和柳树生长在地面，无力避开寒风；在满是沼泽的草原，散落着许多小小的泥棕色湖泊。远远望去，只见一片险恶的岩屑斜坡直达荒原上方，再过去则是高耸的高山区。在岩屑斜坡和群山峻岭之间，放眼望去尽是苍茫的白光，那正是芮恩最大的噩梦。

这一切，托瑞克当然浑然不知。"芮恩！"他大声叫道，强风击打着他的声音，"在这里！"

她把自己的视线拉回来，只见他正跪在小溪的岸边。小狼就躺在他的身边，眼睛闭着，那个乌鸦皮制的袋子就在他的头旁边。

"他还活着！"托瑞克兴奋地叫着，然后把脸埋在小狼湿湿的灰色毛发间。小狼张开一只眼睛，轻轻摇晃尾巴。芮恩蹒跚穿过石南丛，朝他们走过去。

"他累坏了，"托瑞克头也不抬地说，"而且湿透了。他一直在溪流中奔跑，以免气味被熊追踪到。他真的很聪明，对不对？"

芮恩惊恐地四下张望，"管用吗？"

"当然，"托瑞克说，"你看那些沼泽上的水鸟。如果熊在附近，就不会有那么多鸟。"

芮恩但愿自己可以这么有信心，她跪在一旁，从背包里拿出一块鲑鱼干给狼吃。她得到的回报是狼再度摇了一下尾巴，这次稍微有力气。

能够找到狼真是太好了，她却有一种格格不入的感觉。她有太多的心事，思绪纷杂，而托瑞克根本不懂。

她捡起乌鸦皮袋，打开袋口检查。河眼还好好地包在花楸叶里。

"对，拿着吧，"托瑞克说着抱起小狼，轻轻把他放在一小片草地上，"我们必须赶快把它隐藏起来，免得被熊找到。"

芮恩打开那只装有石牙的花楸树皮盒，把河眼放进去，然后，再把盒子盖紧，并且绑在腰带上。

"他会没事的，"托瑞克说，并怜爱地舔了一下小狼的口鼻，"我们可以在斜坡的下风处搭一个营帐。生个营火，让他好好休息。"

"不要在这里，"芮恩赶紧说，"我们应该回去森林那边。"在这一片寒风凛冽的荒原上，她觉得极度不安，就像一只在细线上扭动的毛毛虫。

"最好留在这里，"托瑞克说，他伸手指向北方的岩屑斜坡和那白色的苍茫，"这是通往圣山的最快途径。"

芮恩整个人紧张起来。"什么？你说什么？"

"小狼告诉我的，我们必须往那边走。"

"可是我们不能往那边走。"

"为什么？"

"因为那边是冰河啊！"

托瑞克和小狼很惊讶地望着她，突然间，她发现自己正面对着两双狼的眼睛：一双是琥珀色的，另一双是银灰色的。这让她更感孤寂。

"可是，芮恩，"托瑞克耐下性子说，"这是通往圣山的捷径。"

"我不管！"她在心中盘算一个他可以接受的理由，"我们还必须去找第三项'纳路亚克'，你忘了吗？'万物中至冷，最暗的光芒。'在高山区能找得到吗？应该不会吧！那边是很冷没错，但根本什么都没有啊！"除了死亡之外，一无所有，她在心中对自己说。

"你昨晚也看到红眼了，"托瑞克说，"它升得更高了。我们只剩下几天了。"

"你没在听吗？"她吼道，"我们不能够穿越冰河！"

"为什么不可以？"他用极不寻常的冷静说，"我们会找到途径的。"

"要怎么找？我们两个人总共只有一个水壶和四支箭！**四支箭！**

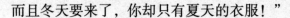

而且冬天要来了，你却只有夏天的衣服！"

他略有所思地看着她，"那并不是你不想去的真正原因。"

她跳起身来大步走开，又大步走回来。她说："我父亲就是葬身在这样的冰河里。"

寒风悲伤地飕飕吹过荒原。托瑞克低头看了一下小狼，然后又看向她。

"那是一个下雪的日子，"她说，"他在斧头湖那边的冰河。半片的冰崖掉下来，把他活埋。一直到春天，他们才找到他的尸体。莎恩必须举行一个特殊的仪式，才能够重新聚合他失散的灵魂。"

"我很抱歉，"托瑞克说，"我并不知——"

"我跟你说这些，并不是要你感到抱歉，"她打断他，"我只是希望你了解。他是一个经验丰富的猎人，他对于山区非常熟悉，却还是死于冰河。你觉得我们还有什么机会，还有什么希望呢？"

第二十三节

"必须非常非常小声，"芮恩说，"任何突然的噪音都可能会惊醒它。"

托瑞克把头转向他们头顶上方的冰崖。他以前也看过冰，但从未见过如此壮观的，尖刀般的峭壁、深不见底的峡谷、比树木更高的冰柱。宛如"世界灵"手指轻轻一碰，就冻结了一个包罗万象的巨浪。然而，当他把眼光移到那道岩屑斜坡，又觉得它好似一条巨大冰河里的小波纹。

小狼在湖边休息了一整天，然后他们才缓缓踏上沼泽，攀爬岩屑斜坡，在一个躲避寒风的小坑洞处扎营。他们没有发现熊的踪迹，或许面具咒语奏效了；又或许，就像芮恩先前所言，熊去了西边，到氏族间肆虐。

隔天早晨，他们就爬上了冰河的侧边，开始往北方走。

在冰崖的底下行走，冒着随时被雪崩掩埋的危险，真是一件很疯狂的事情，但他们别无选择。往西方的路已经被阻断，因为融雪所造成的奔流形成了一道深不见底的蓝色山沟。

想轻声走路几乎不可能，脚下的白雪很松软，他们的靴子不免嘎吱作响，托瑞克用芦苇做的新斗篷不时发出像枯叶般的细碎啪啪声；就连呼吸声都显得震耳欲聋。周遭传来各种奇异的嘎吱声和回荡的呻吟；冰河在睡梦中喃喃低诉，听起来就像随时会惊醒。

很奇怪地，这一切都没有困扰小狼。相反地，他很喜欢这一片白雪：可以尽情在雪地上踏步，偶尔把冰踢到半空中，先是滑行，然后停住倾听旅鼠和雪狐在地底下活动的声音。

现在，他又停下来嗅着一块厚厚的冰片，用前爪拍拍。看它没有反应，就放下前爪，请它跟自己玩，并发出邀请的低鸣。

"嘘！"托瑞克说，忘了跟他说狼语。

"嘘！"芮恩在前头轻声喝道。

为了让小狼静下来，托瑞克假装发现远方有猎物，然后一动也不动地站着，专注地盯着前方。

小狼果然跟着照做。但当他发现没有气味或声音的时候，他吹着胡须瞪眼，盯着托瑞克瞧。**在哪里？哪里有猎物？**

托瑞克伸伸懒腰，打了个哈欠。**没有猎物？**

什么？那我们为什么要狩猎？

别吵了！

狼发出一小声委屈的哀鸣。

"**走吧！**"芮恩低声说，"我们必须在天黑前穿越。"

在冰崖的遮蔽下行走，感觉快冻僵了。他们在湖边扎营的时候已经做了很多防护措施：在靴子里塞满了沼泽地的草，用芮恩带来的鲑鱼皮和剩下的皮绳制作手套和帽子，并用芦苇绑上沼泽草，再缝上一些鹿腱，还帮托瑞克做了一件斗篷。但这样显然还是不够保暖。

他们的补给品也愈来愈少了：只有一个水壶和两天的鲑鱼干和鹿肉干。托瑞克想到爸爸铁定会说："**在雪地中旅行可不是开玩笑的，托瑞克。倘若掉以轻心，那就是自寻死路。**"

他必须很痛苦地承认自己对雪的认识浅薄。就像芮恩用她一如往常的精确语言所说的："我只知道，这让追踪更加容易，而且很适合滚雪球。还有，如果被暴风雪困住了，应该要挖一个雪洞，一直等到风暴停歇。但我所知也仅止于此。"

雪愈来愈深了，很快地，已经到他们的大腿。此刻小狼已远远落后，很聪明地让托瑞克在前面帮忙开路，以便踏着他的脚印前进。

"但愿他真的知道路，"芮恩压低声音说，"我从未到过这么北边的地方。"

"有人到过吗？"托瑞克说。

她挑起眉毛说："当然有啊。冰族的人。但他们是住在平原上，而不是冰河上。"

"冰族的人？"

"白狐族、雷鸟族、独角鲸族，但你当然是——"

"当然，"他很不耐烦地说，"我不知道。我根本就没有——"

在他的后面，小狼发出了一阵紧急的咕哝声。

托瑞克转头，看到小狼跳到一片坚实的冰门后面躲避，他抬头一看。"小心！"他叫道，伸手捉住芮恩，把她拉进了冰门里。

一声震耳欲聋的碎裂声，瞬间他们置身于轰隆声响之中，雪白的冰崖掉落四散，粉碎成为致命的尖刺物。他们相拥在冰门下，托瑞克默默祈祷冰门不要崩塌，如果真的塌下来了，他们恐怕就会被捣碎在雪地里，像越橘果酱……

雪崩嘎然而止，像开始一样突然。

托瑞克吐出长长的一口气，现在他只听见雪堆轻轻填满空隙的声音。

"为什么停了？"芮恩很小声地说。

他摇摇头。"或许只是在睡梦里翻身。"

芮恩环顾他们四周的冰堆。"如果不是小狼的话，我们恐怕早已葬身雪堆。"她的脸色苍白如雪，脸颊上的氏族刺青更加鲜明。托瑞克猜她一定是想到了她的父亲。

小狼站起身来，摇晃身子，溅了他们一身湿雪。他先走了几步，长长嗅了一口气，然后停下脚步等他们跟过来。

"走吧，"托瑞克说，"我想应该安全了。"

"**安全？**"芮恩喃喃地说。

随着白昼的进行，太阳在无云的天空中移往西方，雪地中出现一滩滩的融水，湛蓝无比，托瑞克从未见过这样的蓝。天气愈来愈温热，等下午过了一半，阳光照在冰崖上，突然间，冷冽的阴影变成了刺眼的白光。没多久，身穿芦苇斗篷的托瑞克热得直冒汗。

"拿去，"芮恩说着递给他一片桦树韧皮纤维，"在这上面割两个小缝，绑在眼睛上，否则就会产生雪盲。"

"你不是没来过这么北边吗？"

"我没来过啊，可是芬·肯丁来过。是他教我的。"

必须从这么小的缝看出去，托瑞克觉得很不方便，何况还必须提

174

高警觉，冰崖不时会有坚硬的雪片或巨大的冰针掉下来。当他们蹒跚往前行进的时候，他注意到芮恩竟然落后了。这是没有过的现象，她通常一马当先的。

他站着等她跟上来，忽然警觉到她的嘴唇发青，他赶紧问她怎么了。

只见她摇摇头，双手放在膝盖上，弯下身子喘息。"已经一整天了，"她说，"我觉得自己像要被掏空了。我想是因为'纳路亚克'。"

托瑞克觉得很歉疚。他一直全神贯注不要惊醒冰河，根本没想到她一直带着那个乌鸦皮袋。"给我吧，"他说，"我们轮流拿。"

她点点头。"那你把水壶给我拿吧，这样比较公平。"

他们交换后，托瑞克把小袋子系在腰带上，芮恩转头看看他们已经走了多远。"还是太慢了，"她说，"如果我们不能在天黑前穿越……"

她不必把话讲完，托瑞克已经知道她的意思。他想象他们挖一个雪洞，蜷缩在黑暗中，然后冰河翻动，在他们的四周呻吟。他说："我们有足够的木柴生火吗？"

芮恩又是摇摇头。

往岩屑斜坡出发前，他们又各自捡了一捆柴，并准备了一小片火种。他们先切了一小片长在死桦树上的马蹄菇，然后点火，再吹熄，让它处于一种闷燃的状态。然后，把它卷在桦树皮里，刺了树皮几下，好让火种呼吸，然后，用须状的苔衣塞在火卷里，好让火种休眠。这样子，火种就可以维持一整天，静静休眠，并随时准备觉醒，以备不时之需。

托瑞克判断他们应该至少有足够的柴火可以维持一个晚上。但若暴风雪再度来袭，他们就必须躲上好几天，那就很可能会冻死。

他们蹒跚前进，托瑞克很快知道"纳路亚克"为什么会让芮恩筋疲力尽，因为他现在也清楚地感觉到"纳路亚克"的沉重。

突然间，芮恩停下脚步，扯掉先前绑在眼睛上的桦树布条。"小溪怎么不见了？"她喘着气问。

"什么？"托瑞克说。

"融雪！看，峡谷不见了。这是不是表示我们从冰崖底下走出来了？你觉得呢？"

托瑞克也扯掉他的桦树布条，眯着眼睛看着眼前的白雪，他无法在刺眼的雪光中看清楚。"我还是听得到溪流，"他说着往前走了几步想要一探究竟，"或许只是沉到了底下——"

完全没有预警。没有冰裂的声音，没有雪崩的"轰砰"声。前一秒他还在走着，下一秒，他就忽然失足往下跌落。

第二十四节

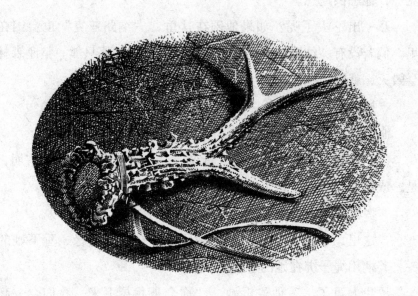

托瑞克撞到了膝盖，痛得大叫一声。

"托瑞克！"芮恩在上面低声问道，"你还好吗？"

"我——还好。"他回答。但他一点儿也不好，他掉到了一个冰洞里。他之所以还能活命全因为他掉在一小片岩架上。

在幽暗的微光中，他看到洞很狭窄，张开双臂就可以碰到冰洞的两侧。然而，洞虽窄，却深不见底。他听到底下传来的声音，那是融雪激流的轰隆声。他已然身在冰河之中。他要怎么脱困？

芮恩和狼在洞口担心地往下看。看样子，大约只有三步的距离，感觉却像三十步之遥。"至少我们知道融雪到哪里去了。"他说着努力保持镇定。

"你并没有摔得很深，"芮恩试图鼓励他，"至少你的背包还在。"

"还有我的弓，"他回答，希望自己听起来没有很害怕的样子，"还有'纳路亚克'。"袋子还稳稳地系在他的腰带上。"纳路亚克"，他恐惧地想。

万一出不去了呢？如果他困在这里，"纳路亚克"也会困在这里。倘若没有"纳路亚克"，就没有人可以摧毁那只熊。整座森林就会毁灭，就因为他走路不小心，大家都要毁灭了……

"托瑞克？"芮恩低声问道，"你还好吗？"

他想要说还好，却不禁啊一声。

"不要太大声！"芮恩用气音说，"否则会造成另一次雪崩，或是，或是会把你现在这个冰洞封起来……"

"多谢提醒，"他喃喃说，"我原先没想到。"

"这里，设法捉住这个。"她冒险靠在洞口边缘，垂下她的斧头，斧柄用绳子绑在她的手腕上。

"我太重了，"他告诉她，"你会被我拉下来，我们会一起掉落……"

"掉落……掉落……"他周围的冰发出回音。

178

"你有办法爬出来吗？"芮恩的声音开始颤抖。

"或许，如果我有像獾一样的爪子。"

"爪子……爪子……"冰唱着。

这让托瑞克灵机一动。

缓缓地，唯恐自己会从岩架滑落，他卸下背包，看里面的獐鹿角是否还在。幸好还在。鹿角短短的，边缘呈现锯齿状。如果可以在手腕上各绑一个鹿角，并且紧捉住尖端，或许就可以把这些鹿角当成工具，沿着冰壁往上攀爬。

"你在做什么？"芮恩问道。

"你等一下就知道了。"他说。他现在没有时间解释。靴子底下的岩架愈来愈滑，而且他跌伤的膝盖真的很痛。

他把鹿角放回背包，等需要时再拿出来。先把腰带上的斧头拿出来。"我要在冰壁上刻一些洞。"他对芮恩叫道，"我希望冰河不会感觉到。"

她没有回答。冰河当然会感觉到。即使如此，他还有其他选择吗？

敲第一下斧头，溅起许多冰花，掉落深渊。就算冰河原本没有感觉，这样也保证它一定会听到。

托瑞克咬紧牙根敲第二下，更多碎冰掉落，回音一阵一阵传来。

冰壁很硬，而且他不敢用力挥动斧头，怕一不小心失去平衡。费了好大的力气，他终于凿出四个凹孔，一直到他所能触及的最高处，两个孔之间距离一个手臂长。这些孔都非常地浅，深度不会大于他的拇指，他完全没有把握管不管用。如果他全力攀附在上面，很可能非但爬不上去，还会整个人滑下去。

他把斧头系回腰带上，拿掉手套，然后摸出背包里的鹿角和仅存的皮绳。他的手指因为冻僵而显得笨拙，而且要把鹿角绑在手腕上竟是如此困难，绑得他差点要发火。最后，借助于牙齿的拉力，他总算都绑好了。

他把右手伸向头顶高处的凹洞，并用鹿角的锯齿尖端刺入。成功咬住了。他伸出左脚在比岩架高一点儿的冰壁上寻找立足点。找到了，他踏了上去。

背包的重量把他往冰洞后方拉。他用尽力量往前倾，把脸贴向冰壁，终于恢复平衡。

小狼对他发出短促的吠叫，催促他快点。雪花掉落到他的发梢。

"你快后退！"芮恩轻声对小狼喝道。

托瑞克听到一阵拉扯的声音，更多的雪花抖落，然后是小狼不耐烦的咆叫。

"要到了，"芮恩说，**"不要往下看。"**

太晚了。托瑞克已经往下看，瞥见脚下无底的深渊，顿时头晕目眩。

他伸手寻找下一个抓点，却失手了，抓下一块冰，还差一点儿摔下去。他摇摇晃晃寻找施力点，幸好鹿角及时吃住了冰壁。

很慢很慢地，他弯起右脚，找到下一个立足点，比他左脚所站的立足点高了一个手臂长。但他的右脚才刚踏上去，膝盖却开始颤抖。

真够聪明的，托瑞克，他告诉自己。你竟然把全身的重量都摆在错误的那只脚上——掉落时撞伤膝盖的那只脚！"我的膝盖快撑不住了，"他喘着气说，"我不行了。"

"你行的，"芮恩激励他，"快点儿往上抓，我会拉住你。"

他的肩膀好痛，背包重得就像装了一堆石头似的，他就这样借助拉力和自己的推力，终于爬出了冰洞。

托瑞克和芮恩趴在冰洞口喘息。好一会儿，才摇摇晃晃地站起身来，赶紧离开危险的冰崖，跳进软绵绵的雪堆里。小狼以为他们在玩一个非常好玩的游戏，露出欢欣鼓舞的微笑，绕着他们转圈圈。

芮恩笑了出来。"真的好险！下次麻烦你走路要小心。"

"我会尽量注意的。"托瑞克喘息着说。他躺在雪地上，任由微风把雪飘送到他的脸颊。只见高高的天空上，白色的云像花瓣一样层层相叠。他从来没有见过如此美丽的景致。

小狼正在他的背后，用爪子不知道在冰堆里挖什么。

"你在挖什么？"托瑞克说。

这时候，小狼已经把他的战利品丢到空中，再用前爪抓住，这是他最喜欢玩的游戏。

他跳到半空中接住，咬几下，然后跳来跳去，把东西丢到托瑞克的脸上。他最喜欢玩的另一个游戏。"啊！"托瑞克说，"不要乱丢！"然后他看清楚了，那是一个拳头大小的东西，棕色、毛绒绒的，扁得很诡异，可能是被落冰给压平的。那张小脸上带着一种"怎么会这样"的愤怒，让托瑞克忍俊不住。

"那是什么？"芮恩说着拉开水壶的盖子。

他觉得好想笑，"一只结冰的旅鼠。"

芮恩先笑了出来，把刚喝进去的水都喷在冰上。

"被压得真扁，"托瑞克笑得在雪地里打滚，"你看它的表情！好意外啊！"

他们笑到肚子痛，小狼则在一边兴奋地蹦蹦跳跳，把那只冰冻的旅鼠扔高又接住。最后，他把旅鼠往空中扔得好高好高，再一口气接住，吞了下去。然后，他觉得很热，就跑到融雪滩里翻滚，让自己的身体冷却下来。

芮恩坐起身来，"他有没有拿过东西给你，而不是直接往你脸上扔啊？"托瑞克摇摇头。"我要求过他，但他就是不愿意。"

他站起身来。好像更冷了。风变强了，粉末状的雪花像烟雾般席卷大地。有如花瓣的云朵瞬间遮蔽了阳光。

"你看。"芮恩在他身边说，指着东边。

他转过身，只见云层快速通过冰崖。"不要。"他喃喃地说。

"正是，"芮恩说。她必须提高音量，才能盖住风声，"暴风雪即将来临。"

冰河醒了，而且很生气。

第二十五节

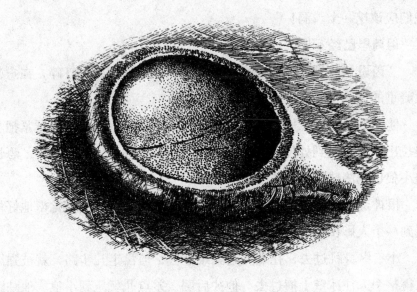

冰河的盛怒表现出来的狂暴令他们惊恐万分。

托瑞克必须在狂风中把身子整个往前倾，才能站稳，还要紧紧夹住斗篷，以免被吹走。在激流般的雪末中，他看到芮恩用尽全身的力量往前，小狼在一边摇摇晃晃，眼睛在狂风中眯成两条线。冰河已经紧捉住他们，而且不肯轻易松手。它不断怒吼，直到托瑞克的耳朵发痛，细冰在寒风刺骨中袭来，刮痛他的脸。风雪毫不留情地吹来，到最后，托瑞克已经看不到芮恩在哪里，也看不到小狼，甚至看不到自己的靴子。而且，他随时可能会被吹回到冰洞里……

在白雪漩涡中，他隐约看到前方好像有大柱子。是岩石吗？还是雪地上的漂流物？还是说他们已经走到了冰河的边缘？

芮恩捉住他的手臂。"我们不能再往前走！"她大叫，"我们必须挖洞躲起来，等暴风雪停！"

"还没有！"他吼着，"你看！我们快到了！"

他奋力往柱子那边前进，却见它瞬间瓦解。原来那只不过是一块雪云，是冰河愚弄他们的另一项诡计。他转身找芮恩："你说得对！我们应该挖一个雪洞！"

但芮恩已经不见了。

"芮恩！**芮恩！**"他呼唤出来的名字被冰河的风雪打碎，在愈来愈凝重的薄暮中飘散。

他跪下来在雪堆里到处找小狼。他的手套摸到了皮毛，赶紧把小狼拉出来。小狼到处搜寻芮恩的气味，但在这种恶劣的处境中，恐怕连小狼也无法捕捉到气味吧？

很神奇的是，小狼竖起耳朵，眼睛直视前方。托瑞克觉得他好像看到一个人影在雪地上滑行。"**芮恩！**"

小狼纵身跳过去，托瑞克赶紧跟上去，但没走几步路，就被强风吹得整个人往冰壁上撞过去。他往后倒，差点儿就压到小狼。他跌跌撞撞碰到一个很像冰丘的隆起，旁边有一个大到可以爬进去的洞。这就是雪洞吗？芮恩应该没有时间这么快就挖出一个雪洞吧？

小狼一溜烟就跑了进去。托瑞克略微迟疑，随后跟了进去。

随着他爬进黑暗的洞穴中，冰河的喧嚣顿时沉寂。他伸出早已冻得硬邦邦的手套摸索四周。屋顶很矮，他必须手脚着地爬进去，洞口有一大块冰片，一定是有人切来当作门。但究竟是谁？

"芮恩？"他叫道。

没有人回答。

他推开挡住洞口的冰片，安静包围着他。他可以听见小狼在舔着前爪的冰，冰从他的肩膀上滑落。

他伸出手，小狼发出了一声警告的嗥叫。

托瑞克赶紧把手缩回。他开始觉得毛骨悚然。芮恩并不在这里。但里面有人，在黑暗中等待。"谁在里面？"他说。

冰冷的漆黑里充满了紧张的气氛。

他用牙齿将手套扯掉，亮出刀子，**"谁在里面？"**

还是没有回答。他摸出了芮恩准备的灯芯。他的手指实在冻僵了，因此失手掉落了点火袋。他找了很久，终于用火石点燃了火，紫杉树皮溅出的火花划过他的手指，但至少灯芯已经亮了。

他失声尖叫。一时之间，他忘了冰河的存在，甚至也忘了芮恩。

就在他的脚边，躺着一个人，几乎碰到了他的膝盖。

一个死人。

托瑞克整个人紧靠在冰壁上。倘若不是小狼事先提出警告，他恐怕已经摸到了那具尸体。触摸死者是一件极其危险的事情。当灵魂离开身体的时候，他们通常都很愤怒、困惑，或只是不甘心就此踏上死亡之旅。这时候，倘若活人靠得太近，那些离体的灵魂就可能会想附身，或是尾随生者回家。

当他盯着眼前的死人时，托瑞克脑子里不断浮现这些念头。

那个死者的嘴唇看起来宛如冰雕，他的肉已经变得蜡黄。雪飘进

185

他的鼻孔里，仿佛出自对呼吸的讽刺，但他蒙上冰雾的眼睛睁得大大的，似乎在盯着某样东西看，只是托瑞克完全不明就里：那拥在他死去而弯曲的手臂里的东西。

小狼似乎并不害怕，甚至也未受到那具尸体的吸引。他静静地坐在一边，头放在两只前爪中间，眼睛始终不离死者。

那人棕色的长发散着，只在鬓角处抹有红土定型。托瑞克想到在芬·肯丁召集的氏族大会上看到的那个红鹿族妇人也有同样的鬓型。难道这个男人也是红鹿族的？和托瑞克的妈妈同族。

他的同情心油然而生。不知道这个人叫什么名字？他来这里是为了寻找什么？为什么会死在这里？

然后，托瑞克看到那人棕色的额头上有一个小小的，颤着手用红土点成的圈圈。他厚厚的冬衣是敞开的，胸骨上也画了一个圈圈。托瑞克猜想，倘若他不怕死地脱下那人厚重的毛皮靴，铁定会在后脚跟上发现一样的圈圈。这些都是死亡的印记。这个人一定预知到自己死期不远，因此在身上画下了这些圈圈，以便确保自己的灵魂不会在死后离散漂流。他一定也是因此才让冰片只是半掩洞口，这样他的灵魂才能自由。

"你真勇敢，"托瑞克大声地说，"你并没有怕死。"他想到刚才在雪地上看到的身影，或许那是他放出去踏上死亡之旅的灵魂之一。我们是不是可以看到灵魂，托瑞克也不知道。

"安息吧，"他告诉死者，"愿你的灵魂都得到平静，并永远在一起。"他说完，诚心对着死者鞠躬。

小狼站起来，对着死尸竖起耳朵。托瑞克吓了一大跳。小狼似乎真的听到了什么。

托瑞克也倾身向前凝听。

只见死者专注地望着他手臂里拥抱的东西。当托瑞克仔细一看，反而更加大惑不解，那只是一盏普通的灯，椭圆形的红砂制品，大约只有他手掌一半大，里面有一个浅浅的碗，可以装鱼油，还有一个槽可以放青苔制的灯芯。里面的灯芯是烧过的，显然已经熄灭了很久，剩下的油都已经烧干，只留下一个淡灰色的油渍痕。

在他身边的小狼发出了一声很高、很柔的哀鸣。他的背脊高高抬起，但他并不害怕。这声哀鸣其实是在打招呼。

托瑞克皱起眉头思索。小狼以前也曾经如此，那是在雷鸣瀑布地下的洞穴。

他的眼睛再度移到死者身上。他想象着这个人最后的时光：蜷缩在雪地里，看着这个小小的火焰，像他自己的生命一样，闪耀着最后的光芒，直到熄灭……

突然间，托瑞克懂了。"万物中至冷，最暗的光芒。"这个人最后所看到的光，就是最暗的光。

他已经找到了第三项"纳路亚克"。

羊羊

托瑞克一手紧抓着灯芯，一手打开乌鸦皮袋，把盒子倒在雪地上。

"嗷呜！"小狼提出警告。

托瑞克把上面绑的发圈解开，打开了盖子。河眼盲目地瞪着他，紧靠在黑色石牙的旁边。里面的空间刚好放得下那盏灯，芮恩真有先见之明，他想，连盒子的大小都做得刚刚好。

他用冻僵的手指戴上手套，然后倾身向死者，要小心，不要碰触到他，再准确地拿起那盏小灯。当他顺利地把灯放进盒子里，再把盒子放进袋子里，这才发现自己一直憋住气不敢呼吸。

现在必须赶快去找芮恩，他很快地把袋子系在腰带上。就在他准备转身推开冰片时，却忽然停住了脚步。

他已经有了这三项"纳路亚克"，而且身在一个安全的雪洞里。

"如果被暴风雪困住了，"芮恩是这么说的，"应该要挖一个雪洞，一直等到风暴停歇。"如果他现在不管这些，如果他冒着险恶的风雪出去找她，或许连他自己也活不了。"纳路亚克"也将随着埋葬，整座森林就会毁灭。

但若他不去找，芮恩可能会死。

托瑞克坐到地上，小狼若有所思地盯着他，一双琥珀般的眼睛非常不像小狼。

托瑞克手中的灯火晃动着，他不能就这样丢下她。她是他的朋友，但是，他又怎么可以——他是否真的应该——冒着毁灭整座森林的风险去救她？

他从来没有像现在这样渴望爸爸在他的身边，如果爸爸在的话，一定可以告诉他怎么做……

但爸爸已经不在了，他告诉自己。你必须决定，你，托瑞克。你要自己决定。

小狼歪着头，等着托瑞克作出他的决定。

第
二
十
六
节

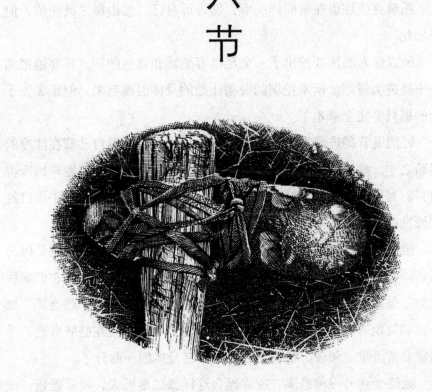

"托瑞克！"芮恩用尽全身的力气呼喊，"托瑞克！小狼！你们在哪里？"

她孤身一人在暴风雪中。他们很可能就在三步以外，但就算如此，她也看不到他们。他们很可能已经掉到一个冰洞里，雪呛到了她的喉咙。她的手套掉了一个，冰河立刻把它吹走。"不要！"她叫着，徒然地用拳头捶打着雪地，"不要，不要，不要！"

她双手双脚着地，在风雪中爬行。"要冷静下来。找到坚固的雪地，挖洞。"

经过了宛如一个世纪的战斗，她终于爬到了一个雪丘。在强风中，这里的雪已经堆得很紧，但还没有变成坚硬的冰。她把腰带上的斧头拿下来，开始敲洞。

托瑞克或许也在做同样的事，她告诉自己。愿山巅之灵庇佑，但愿如此。

她以惊人的速度挖出了一个足以容纳她和背包的洞，只要她蜷缩身子挤进去就好。所幸挖洞的劳动让她的身体温暖起来，但她失去手套的那只手完全麻木了。

她倒退着爬进洞里，用厚重的冰块挡住洞口，把自己藏在冰冷的黑暗之中。她的呼吸很快融化了周遭的冰，滴湿了衣服，她开始冷得发抖。当她的眼睛逐渐适应黑暗之后，发现自己没戴手套的手指已经僵硬发白。她试着活动，但手指完全不能动。

她知道冻伤的结果，野猪族领袖的儿子阿奇在上个冬天就是因为冻伤而切除了三根脚趾头。如果她不赶快让手指温暖起来，它们很快就会变黑，然后坏死，到时候，就只好把手指切掉，否则就会死。她心急如焚地对着手指吹气，然后把手放进上衣里，夹在胳肢窝里。手感觉非常沉重、僵硬，仿佛已经不是自己身体的一部分了。

她感受到另一种恐惧。或许她会这样孤独地死去，就像爸爸；或许她永远再也见不到芬·肯丁。托瑞克和小狼在哪里？就算他们还活着，她又要如何找到他们？

她拉掉另一只手的手套，摸索着颈部，她想到托瑞克给她的那支鸡骨哨子。她用力地吹哨，没有声音。也不知道做得对不对？小狼真的可以听到吗？或许只有托瑞克才会用，或许必须是倾听者才会用。

她不断地吹哨，直到感到晕眩。他们不会来了，她心想。他们一定早就挖洞藏身了，如果还活着的话。

哨子尝起来咸咸的，是松鸡骨的味道，还是她在哭？哭也没用啊，她告诉自己。她用力闭上眼睛，继续吹哨子。

当她醒来的时候，发现自己正漂浮在美丽的温暖之中。雪地的感觉竟像鹿皮一般的温暖和柔软。她钻到被窝里，真的好困，眼皮都抬不起来了……

有声音一直在吵她睡觉。是芬·肯丁和莎恩，他们来看她了。

我真希望他们让我安安静静地睡觉，她迷迷糊糊地想。

她的哥哥像往常一样在一旁嗤之以鼻。"这个洞怎么这么小？"他抱怨着，"她连个雪洞都挖不好？"

"荷德，你不可以这样说，"芬·肯丁说，"她已经做得很好了。"

"话虽如此，"莎恩说，"她应该做个好一点儿的门。"

"我太累了嘛。"芮恩喃喃地说。

就在这时候，门忽然开了，外面的冰雪吹了她满脸。"把门关上！"她抗议着。

有一条猎犬跳到她身上，抖落一身的白雪，还用冷冰冰的鼻子碰她的下巴。她一把将它推开，"坏小狗！走开！"

"醒来，芮恩！"托瑞克在她的耳边叫道。

丰丰

"我想睡觉。" 芮恩喃喃地说，把脸埋在雪里。

"不可以睡！"托瑞克吼道。他自己其实也很想睡，但他必须先挖出足够容纳他和狼的空间，然后叫醒芮恩。如果她现在睡着了，那就永远也醒不来了。"芮恩，**快点儿！**"他紧抓住她的肩膀晃动，"快醒来！"

"别管我，"她说，"我很好。"

但她一点儿也不好。她的脸沾了许多飞雪，而且在发烫，她的眼皮肿得张不开。还有，她右手的手指又僵硬又蜡黄，而且有点像那具红鹿族人的尸体，这让托瑞克感到惊恐万分。

当托瑞克在挖雪的时候，他想到如果不是小狼找到了她，她不知道还能维持多久，而他和小狼如果没有及时找到她的雪洞，又能够维持多久。托瑞克已经累到快虚脱，不可能有力气自己挖一个新洞。

在他们三个当中，情况最好的是小狼。他的毛非常的厚，雪落在上面也不会融化。他只要摇一摇，白雪就会掉下来。

托瑞克好不容易完成了扩充雪洞的工作，并且把扩大的洞口遮住，顶端留一个缝隙，好让稍后生火冒的烟可以飞出去。然后，他跪在芮恩旁边，连试了好几次，才把被她压到身下的睡袋拉出来。

"进去！"他咆哮道。

她把睡袋踢走。

他只好使出最后的手段了。他先把冰抹在自己冰冷的拳头上，然后往她的脸和手上抹过去。

"啊！"她大声叫道。

"给我醒来，否则我就杀了你！"他怒吼着。

"你已经快杀死我了。"她回嘴。

托瑞克知道必须要赶快生火，于是伸拳在雪地里把冰抹掉，接着再放到胳肢窝里取暖。手慢慢恢复感觉，立刻痛得要命。"啊！"他呻吟着，"快痛死了。"

"你说什么？"芮恩说，坐起身来，头撞到了洞顶。

"没什么。"

"有，你在自言自语。"

"我哪有自言自语？你才在跟你的所有族人聊天哩！"

"我哪有？"她生气地回嘴。

"明明就有。"他说着咧嘴一笑。她终于醒过来了。他从来不知道吵架也可以这么愉快。

好不容易，他们终于把火生起来了。火需要温暖和空气，所以他们用了一些柴火搭建小平台，以便稍微远离雪地。这一次，他没有再满地摸索打火石，他想到了背包里的火卷。一开始，被包在桦树皮里的火种拒绝醒来，他们对着休眠的火吹气，劝诱它醒来，芮恩喂它吃了几片在她手心里暖过的火绒。最后，火终于重新燃起，以小巧但愉悦的火焰回报他们的努力。

接下来，他们坐在火边取暖，发梢滴滴答答，上下排牙齿咔哒咔哒，冻僵的手和脸逐渐暖和起来，他们不禁发出叹息。不过，真正抚慰他们心灵的，与其说是火所带来的温热，不如说是火焰本身。因为，在他们从小到大的每个夜晚，入睡时都是听着火焰的啪啪声，闻着营火所散发出来的苦乐参半的烟雾。火焰是这座森林的一部分。

托瑞克翻出他最后一卷鹿肉干，三个伙伴分着一起吃。芮恩把水壶递给他。他原本甚至不知道自己渴了，但喝了一大口之后，果然觉得精神百倍。

"你怎么找到我的？"芮恩问。

"不是我，"他回答，"是小狼。我也不知道他怎么找到的。"

她想了一下。"我想我知道。"她说着拿出了那支松鸡骨制的哨子。

托瑞克想到她一个人在黑暗中吹哨子的情景。他实在无法想象那是怎么样的感觉，孤身一人。他至少还有小狼的陪伴。

他告诉她，他发现了一个红鹿族人的尸体，并因此找到了第三项"纳路亚克"。但他并没有提到自己苦思要不要去找她的痛苦抉择，因为他觉得很羞耻。

"一个石灯，"芮恩喃喃说着，"真是出乎意料。"

"你要不要看？"

她摇摇头。过了一会儿，她才说："如果是我，恐怕要再三考虑是否离开那个雪洞，你这样做等于让'纳路亚克'涉险。"

托瑞克沉默了一会儿才说："我确实再三考虑才离开的，我想过要留在那边，放弃寻找你。"

她静了下来。"嗯，"她说，"如果是我也会这样的。"

托瑞克不知道自己应该觉得比较好过还是更难过。"但是，你会怎么做？"他问，"你会留在那边吗？还是会去找我？"

芮恩用手背抹了一下鼻子。然后对他咧嘴一笑，露出了发亮的牙齿。"谁知道？但或许这是另一个测试，不是考验你能不能找到第三项'纳路亚克'，而是考验你是不是愿意为了朋友失去它。"

托瑞克醒来的时候，感受到一道寂静的蓝光，恍然不知置身何处。

"暴风雪停了，"芮恩说，"可是我的脖子却扭到了。"

她的眼皮已经消肿，但两颊发红脱皮，显然一笑就觉得很痛。"啊！"她不禁发出一声惨叫。"我们活下来了！"

他也对她咧嘴一笑，同样悔不当初，脸皮感觉好像被沙子摩擦，痛得要命。他的样子一定和芮恩一样惨。"我们现在要做的就是离开冰河。"他说。

小狼已经发出呜咽声，急着想要出去。托瑞克摸出自己的斧头，打出了一个洞。光亮顿时照进洞内，小狼一溜烟地跑出去，托瑞克跟在后面爬出去。

他进入了一个闪耀的世界，放眼望去都是雪丘和强风所雕成的山脊。天空蓝得发亮，就好像被彻底清洗过。一切似乎都静止了，冰河再度沉睡。

突然间，小狼毫无预警地冲向托瑞克，把他扑倒在雪堆里。他还没来得及爬起来，小狼就跳到了他的胸口上，摇着尾巴咧嘴。他在笑。托瑞克一把抱住他，但小狼已经跳到半空中打转，然后跳下来，尾巴卷到背部。"来玩嘛！"

托瑞克伸出双臂。"那你快过来！"

小狼立刻冲向托瑞克的怀抱，他们两个抱在一起滚了好几圈。小狼在嬉戏中咬着、拉扯着托瑞克的头发，托瑞克则伸手抓他的口鼻，拉他的颈背。最后，托瑞克把一个雪球丢到空中，小狼演出一个精彩绝伦的回旋跃空，把球打出去，掉落到一个雪堆里。他的鼻尖因为沾到雪而白了一圈。

当托瑞克喘着气站起来时，他听到芮恩才从雪洞爬出来。"我真希望，"她打着哈欠说，"这边离森林不是太远。你的斗篷怎么了？"

他正要说早就被暴风雪吹走了，但一转身，眼前的一切立刻让她忘了这回事。

就在雪洞的东方，过了冰河，高山区竟然已经近在咫尺。

连日的浓雾遮蔽了他们的视线，而昨天他们一直走在冰崖下方，同样无法看清前方的景致。此时此刻，在清晰的冷光中，高山峻岭几乎占据了整个天空。

托瑞克不禁全身摇晃起来。有生以来第一次，高山区对他来说不再只是东方地平线上的幽暗。现在他就站在高山峻岭的脚下，仰着头瞻仰这庞然而陡峭的冰壁，以及探入云端的山峰。他感受到山巅无穷的力量与威严。那是神灵的圣殿，那不是凡人的居所。

他在心里思量着，"世界灵"就住在那群山峻岭当中的某个地方。那是我曾经发誓一定要找到的圣山，至死方休。

第二十七节

红眼正在升起。托瑞克只剩下几天的时间，必须赶快找到圣山。

但就算找到了，又能怎样呢？他究竟要怎么处理"纳路亚克"呢？他又怎么可能摧毁恶熊呢？

芮恩嘎吱作响地走过雪地，站到托瑞克的旁边。"快点，"她说，"我们要赶快离开冰河，回到森林去。"

就在这时，小狼忽然往某个雪脊跑过去，耳朵朝着丘陵转动。

"怎么了？"芮恩低声问，"你听到什么了？"

然后托瑞克也听到了，许多声音分别从群山之中的远方传来，在风中聚合，那是狼群变化多端的歌曲。

小狼把头往后仰，口鼻向着天空嗥叫。**"我在这里！我在这里！"**

这让托瑞克感到震惊不已，不明白他为什么要对陌生狼嗥叫？孤狼是不会这样做的。它们一般来说都会避开陌生的狼。

他呜咽一声要求小狼跟他来，小狼却站在原地不动，他眯着眼睛，黑色的嘴唇卷曲着，露出牙齿，尽情地唱着他的野狼之歌。托瑞克发现他看起来已经不再是幼狼的模样，他的脚变长了，肩膀附近也长出了一圈黑毛，甚至连嗥叫声都脱去了幼狼特有的晃动。

"他在跟它们说什么？"芮恩问。

托瑞克回过神来说："他在跟它们说他在这里。"

"那它们在说什么？"

托瑞克听了一下，视线始终没有离开小狼。"它们在跟狼群里的两只狼说话，它们到山谷中去探测驯鹿的踪迹。听起来——"他停了一下，"没错，它们发现了一小群驯鹿，它们在通报鹿群的位置，还有它们应该要把口鼻放在雪堆里嗥叫。"

"为什么？为什么要这样？"

"这是狼群偶尔会用的计策，这样可以让驯鹿误以为它们在很远的地方。"

芮恩的表情变得有点不自在。"你连这些都听得懂？"

他耸耸肩。

她用脚跟挖着地面的雪。"我不喜欢你讲狼话。感觉好陌生。"

"我不喜欢小狼跟其他的狼讲话，"托瑞克说，"感觉好陌生。"

芮恩问他这是什么意思，但他没有回答。那是一种难以言喻的痛苦。因为他开始意识到，就算他懂狼的语言，他毕竟并不是而且永远也不可能成为真正的狼。就某些方面来说，他和小狼之间永远有隔阂。

小狼终于停止嗥叫，从山脊上跑下来。托瑞克跪在地上，双手环抱着他。他感觉到小狼厚重的冬毛底下轻盈的骨骼，以及他忠贞的小心脏在强烈跳动。当他拥着小狼，闻着它的香草味道。小狼舔了一下他的脸颊，然后轻轻用额头去碰托瑞克的额头。

托瑞克紧闭着双眼。**永远不要离开我**。他很想这样对小狼说，但他不知道要怎么说。

丰丰

他们启程往北走。

一路上步履艰难。暴风雪把大量白雪吹到山脊上，而山脊之间的积雪更是深及大腿。唯恐再度掉落冰洞，他们每走一步都先用箭探测前方的地面，这让他们行进的速度更加缓慢。他们一直觉得山巅似乎在一旁看着，等着看他们失败。

到了中午，他们才走了一小段路，雪洞还在视线范围内。接着他们碰到了一个新的阻碍：一道冰墙。想要攀爬，但太过陡峭；想要用工具切开，但太过坚硬。这是冰河对他们开的另一个残酷玩笑。

芮恩说要先去探测，托瑞克和小狼留在原地等。他很高兴可以休息一下，乌鸦袋让他觉得异常沉重。"注意地面的冰洞。"他提醒她，然后焦虑地目送她走进两根最高的冰牙之间。

"这边看起来好像有路可以出去。"她叫道，接着卸下背包，侧身进去，就消失了。

托瑞克正准备跟上去，她探出头来说："托瑞克，你快来看！我们成功了！我们成功了！"

小狼立刻跳着跟过去。托瑞克卸下背包，也跟着进去。他真讨厌从缝隙挤过去的感觉，这让他想到那个洞穴。但等他到了另一边，顿时目瞪口呆。

他看到一条由杂乱冰块所组成的奔流，像是冰洞的瀑布。底下是一片覆盖积雪的圆石斜坡。再过去则是零星的碎石，在属于冬季的白色闪光中，森林就在眼前。

"我以为再也看不到森林了。"芮恩的心情很激动。

小狼抬起口鼻嗅着空中的气味，然后回头看托瑞克，摇了摇尾巴。

托瑞克没有讲话。他从来不知道离开森林竟是一件如此痛苦的事。而他们其实只离开了三个夜晚，感觉却像过了好几个月。

到了午后，他们爬过最后一个冰脊，开始弯弯曲曲地步下斜坡。阴影变成淡紫色，松树的枝干带着沉重的积雪摇曳着。进入松树林让他们松了一口气，暂时看不到山巅。但周遭的寂静有点儿令人毛骨悚然。

"不会是熊，"芮恩低声说，"在冰河那边并没有熊的踪迹。如果是从山谷绕过来的话，至少也要好几天。"

托瑞克看着小狼，只见他的耳朵往后贴，但是他的背部并没有高起。"我想应该不在附近，"他说，"但恐怕也不远。"

"你看，"芮恩指着一棵杜松树说，"鸟的踪迹。"

托瑞克弯着腰检视。"一只乌鸦。在走，不是在跳。这表示它并不害怕。还有一只松鼠。"他指着松树脚下散落的一堆松果，每颗都被啃得只剩下一点点，就像被啃过的苹果。"还有兔子的踪迹。还很新，可以看到掉落的毛。"

"如果是新的，那就是好消息。"芮恩说。

"嗯，"托瑞克望向渐渐幽暗的天色。"但那就不是好消息。"

只见他的脚边不远处躺着一头野牛，就像一颗很大的棕色圆石。如果这头野牛还活着，站起来应该比他见过的所有人都还要高，那对发光的黑色牛角非常宽大。但这头野牛已经被恶熊开膛破肚，倒卧在一片血染的脏乱雪堆中。

托瑞克望着这头被杀戮的大兽，心中感到非常愤怒。野牛的体型虽大，性情却相当温驯，通常只有在求偶和保护幼牛的时候才会用牛角进攻。这只鼻子圆圆的公牛不应该死得这么惨。

它的尸体并没有喂养森林里的其他生物。没有任何狐狸或松貂敢靠近，也没有乌鸦敢过来吃。没有任何生物敢碰触那只恶熊的猎物。

"嗷呜。"小狼说，他警觉地隆起背脊，不断跑着绕圈圈。

后退，托瑞克警告他。光渐渐暗下，但仍可以辨识出熊所留下的踪迹，他不希望小狼碰到它们。

"那看起来不像刚杀的，"芮恩说，"这应该也算是好消息，是不是？"

托瑞克仔细研究野牛的尸体，小心避免碰到熊所留下的痕迹。他用一根棍子推了一下公牛，然后点点头。"结冻了，至少已经过了一天。"

在他的后面，小狼忽然开始咆哮。

托瑞克不懂他何必这么激动，这头野牛明明就不是刚才被杀的。

"不知道为什么，"芮恩说，"我还是觉得现在回到森林会比较安全。我觉得——"

但托瑞克无法和她有同感。突然间，从松树下的雪堆里跳出了几个裹着白衣的高个子把他们团团围住。

太迟了。托瑞克这才明白小狼并不是在对那头公牛咆哮，而是在对这些暗处的刺客。**要注意你的背后，托瑞克**。但他每次都忘记。重蹈覆辙。

托瑞克两手同时拔出刀和斧，往芮恩那边靠过去，芮恩则已经把箭放在弓上。小狼冲进了阴影中。托瑞克和芮恩两人背对着背，面对一群弓箭手的包围。

　　白衣刺客中最高的那个往前一站，拉掉脸上的面罩。在幽暗的微光中，他深红色的头发看起来几乎是黑的。"总算被我逮到了。"荷德说。

第二十八节

"你为什么要这样？"芮恩叫道，"他是在帮我们！你不能这样对他！"

"我偏要。"荷德说着就一把捉住雪地上的托瑞克。

托瑞克想要站稳脚跟，但双手被捆绑在后面，实在很难站稳。大势已去，无法逃脱，他被欧斯拉克和其他四个雄壮的乌鸦族男人给包围了。

"快一点！"荷德催促着，"我们必须在天黑前回到营帐！"

"但他是倾听者，"芮恩说，"我有证据！"她说着指向托瑞克腰际的乌鸦袋，"他已经找到三项'纳路亚克'了！"

"是吗?"荷德喃喃说道。他立刻跨开大步，拔出刀来，把系在托瑞克皮带上的带子割下来。"现在归我了。"

"你在做什么？"芮恩着急地叫着，"还给我！"

"少啰嗦！"荷德喝道。

"你凭什么命令我？谁说你可以——"

荷德一巴掌挥过去，击中芮恩的脸，她整个人飞出去，跌到雪堆里。

欧斯拉克咆哮抗议，却被荷德吼回去。他像野兽般喘着气，气急败坏地瞪着芮恩爬起来。"你不配当我妹妹，"他破口大骂，"当我们在溪里找到你的箭，我们还以为你死了。芬·肯丁整整三天没有讲一句话。但是我一点儿都不会为你感到难过。我很高兴。你背叛了自己的族人，你让我蒙羞。我巴不得你真的死掉算了。"

芮恩用颤抖的手摸自己的嘴唇，流血了。她的脸颊有一道明显的伤痕。

"你不应该打她。"托瑞克说。

托瑞克认真地看着荷德，震惊于他的外貌竟有这么大的变化。不到一个月前，他还是一个让托瑞克在决斗中战得汗流浃背的健壮青年，而今却形销骨立。荷德的眼睛因为过度失眠而布满血丝，那只紧握"纳路亚克"的手已经都没有指甲，只看到流脓的烂疮。仿佛有一只怪兽正从内在慢慢腐蚀着他。

"不要盯着我看！"他怒吼。

"荷德，"欧斯拉克说，"我们应该继续往前走，那只熊……"

荷德转过身去，睁大眼睛茫然对着幽暗的天色。"那只熊，那只熊……"他喃喃地说，好像一想到那只熊就觉得很痛。

"走吧，芮恩，"欧斯拉克靠过去伸手扶她，"很快就可以给你擦药了，营帐就快到了。"

芮恩不理他，靠自己的力量站起身来。

往路径前方望去，托瑞克看到天色渐暗的薄暮中透着一丝橘色闪光。近一点儿看，他发现在一棵小云杉树荫下，有一对琥珀色的眼睛。

托瑞克心头一紧。万一被荷德发现小狼，真不知道他会做出什么……

幸好芮恩吸引了大家的注意力。"难不成我哥现在是氏族的领袖？"她严正追问在场的人，"你们只听他的，不听芬·肯丁的？"

他们每个人都垂头丧气。

"事情没有那么简单，"欧斯拉克说，"我们在三天前被熊攻击。它杀了——"他不禁哽咽，"两个族人。"

芮恩全身的血液往上冲。她走近欧斯拉克，这才发现他的眉毛和颧骨都涂了灰色的河泥。

托瑞克不知道这种灰色的泥面具代表什么意思，但芮恩一看到立刻惊慌失措。"不。"她轻声说，并伸手去抚摸欧斯拉克。

只见这个高大的男人轻轻点了一下头，然后把头转开。

"那芬·肯丁呢？"她的声音忽然变得很尖，"他是不是也——"

"身受重伤，"荷德说，"如果他死了，我一**定会**接任领袖，这点我可以向你保证。"

芮恩用手捂住嘴巴，拔腿往营帐冲去。

"芮恩！"欧斯拉克大声叫她，"快回来！"

"让她去。"荷德说。

她这一跑，托瑞克顿时备感孤独。他甚至不知道其他这几个乌鸦族人叫什么名字。"欧斯拉克，"他央求着，"请让荷德把'纳路亚克'还给我！那是我们唯一的希望。你应该知道的。"

欧斯拉克正要讲话，就被荷德打断。"你的工作已经完成，"他对托瑞克说，"接下来，我会把'纳路亚克'拿去圣山！我会负责奉献出'倾听者'的血来拯救我们的族人！"

小狼觉得好害怕，真的很想嗥叫。他要怎么帮助他的狼兄弟？为什么会搞成这样？

当他一路尾随他们，通过那片雪原，他一直强忍着挨饿的肚皮，抗拒不远处旅鼠散发出的沼泽水气味的诱惑。他同时也抗拒着他长久以来一直感受到的强烈牵引，以及那弥漫在风中的一股对魔鬼的恐惧。他忍住不去听那陌生狼群的遥远嗥叫，那群狼的歌声听起来早已不再陌生，反而像是远方的亲人……

他必须先忽略这一切。他的狼兄弟有危险了。小狼感应到他的痛苦和恐惧。他也感应到了那些大人的愤怒，以及他们的恐惧。他们在害怕"无尾高个子"。

风向变了。小狼捕捉到营帐所传来的阵阵气味。各种声音和味道向他袭来。**讨厌，讨厌，讨厌！**他的勇气顿失。哀鸣地躲进一棵倒卧的树干下。

营帐就表示麻烦多多。又大又复杂，充满了一些愤怒的狗，完全不肯听你说什么，还有很多火，很烫。但最坏的还是那些"无尾"（小狼眼中的人）。他们自己听和闻的能力都差到不行，偏偏喜欢自作聪明用他们的"前爪"弄出一大堆声音和味道，还喜欢放出箭去咬猎物。

小狼不知道应该留下来还是逃跑。

为了帮助自己思考，他啃着树枝，后来又去啃雪。他绕着圈圈跑，还是想不通。他渴望那种偶尔会出现告诉他怎么做的奇怪确定感，但这次没有。似乎像乌鸦一样飞走了。

他究竟应该怎么做？

托瑞克责怪自己。都是因为他的疏忽，失去了"纳路亚克"。都是他的错。月光中，积雪的树枝洒下蓝色的树荫在他周遭的路径上。"都是你的错。"似乎连它们也在责怪他。

"快一点！"荷德在后面推他一把。

乌鸦族人在山涧边的一块空地上扎营。在空地的中央，三根松树干围成一团熊熊烈火。乌鸦族人倾斜的营帐围绕着主营火，旁边则是一圈小营火和一些设有钉子陷阱的坑，拿着长矛的族人站在一边。看来所有的乌鸦族人都来到了北边。

荷德率先跑上前，托瑞克和欧斯拉克则留在一个营帐边等。他看到芮恩，顿时觉得精神一振。只见她跪在对面的一个营帐口，很专心地在讲话，虽然她并没有看到他。

族人们齐聚在主营火的周边。空气中弥漫着恐惧。据欧斯拉克所言，前哨发现了熊的踪迹，距离营帐只有两个山谷。"它又变得更强壮了，"他说，"把森林弄得天翻地覆，就好像，就好像它在找什么似的。"

托瑞克开始颤抖。一路上荷德强迫他快步往前走的时候，他的身体反倒温暖，现在停下来，只穿着夏衣的他冷得发抖，希望他们不要误以为他是因为害怕。

欧斯拉克把他的手松绑，然后按住他的肩，开始带他往空地走去。当托瑞克蹒跚地走近高高的主营火，顿时听见了一阵嗡嗡声，宛如迎接他的是一群愤怒的蜜蜂，他忘记了寒冷。

他看到莎恩，两腿交叉坐在一块鹿皮上，大腿上放着那个乌鸦袋；荷德在旁边失神地咬着拇指。黛拉缇则一脸凝重地望着荷德。

一阵沉默。大家让出空间，四个人抬着一个坐有芬·肯丁的野牛皮担架走了进来。他的左脚裹着沾血的软绷带。当他们把担架放到主营火边时，他的脸略微抽动了一下。这是他唯一透露出疼痛的讯息。

这时候，芮恩出现了，她推着一截松树干到芬·肯丁的后面，好让他靠着，然后就坐在他身边的鹿皮上。她并没有看托瑞克，而是把视线放在营火上。

欧斯拉克在后面推他一把，逼他心不甘情不愿地往担架那边走去。

乌鸦族领袖捕捉到他的眼神，然后一直盯着他看，这反而让托瑞克稍感放心。因为他那双蓝色的眼睛依旧那么深邃，难以解读。看来荷德想要接位氏族领袖的话，恐怕还有得等的。

"当我们第一次发现这个男孩，"芬·肯丁开口说道，他的声音非常地清晰，"我们并不知道他是谁，或他是什么。而今，他已经找到了三项'纳路亚克'，并且救了我们一个族人的性命。"他停顿了一下，"现在我再无怀疑，他就是'倾听者'。接下来的问题是，我们是否应该让他拿着'纳路亚克'去圣山？一个小男孩，孤身一人。或是我们应该派出族里最强壮的猎人，一个成年的大人，因此也更有机会击败恶熊？"

荷德一听就不再咬手指，并且挺直腰杆。托瑞克的心不禁往下沉。

"时间很紧迫，"芬·肯丁的眼睛望向夜空中闪耀光芒的庞然公牛的红眼，"再过几天，那只熊就会变得所向无敌。我们已经没有时间召开氏族大会。我必须现在为所有的氏族作出决定。"在场的人都屏息以待，只有柴火的啪啪声。乌鸦族人全神倾听着他说的每一个字。

"我们当中有很多人，"芬·肯丁接着说，"认为把大家的命运交给一个小男孩，简直就是神志不清。"

208

荷德跳起身来。"那本来就是神志不清！我是最强的猎人！请让我前往圣山拯救我的族人！"

"你并不是'倾听者'。"托瑞克说。

"关于预言里说的其他部分呢？"莎恩用沙哑的声音说，"**倾听者将他心的血奉献给圣山**。你做得到吗？"

托瑞克深呼吸一口气。"倘若这是唯一的方法。"

"但还有其他的方法！"荷德叫道，"我们现在就杀了他，然后我会把他的血带到圣山！这是我们唯一的机会！"

乌鸦族人发出嗡嗡的赞同声。

芬·肯丁抬起一只手叫大家安静，然后转头对托瑞克说话："你先前抵死否认自己是'倾听者'，现在为什么变得这么热切？"

托瑞克抬起下巴。"那只熊杀了我父亲。而且它就是因此才被造出来的。"

"这件事不只是复仇。"荷德嗤之以鼻。

"也不只是虚荣。"托瑞克反唇相讥。接着他对芬·肯丁说："我才不管什么'拯救我的族人'。什么族人？我甚至从未见过任何的族人。但我对爸爸发过誓，一定要找到圣山，至死方休。我发过血誓的。"

"这简直就是浪费时间，"荷德大呼小叫，"把'纳路亚克'给我，我一定能够办到！"

"怎么办到？"一个冷冷的声音说。

是芮恩。

"请问你要怎么找到圣山？"她问道。

荷德一时语塞。

芮恩站起身来。"据说那是在高山群岭最北端的最远山峰。没错，我们现在已经在高山的最北端。但是圣山呢？"她两手一摊，"我不知道。"她转头问荷德，"你知道在哪里吗？"

荷德咬着牙。

她转头对莎恩说："你呢？你是我们的巫师，但连你都不知道。"她停顿一下，"但有一个人知道。"她的视线转到托瑞克身上，直视着他的眼睛。

他明白了她的用意。聪明的芮恩，他心想。只要这个方法管用……

他把手放在嘴唇上，并开始发出狼嗥。

芮恩惊呼一声。营里的猎犬群起狂吠。

托瑞克又发出一声狼嗥。

突然间，一个毛绒绒的灰色身影冲进了空地，跳入托瑞克的怀抱。

四周的人群窃窃私语，指指点点，营里的狗纷纷冲过来，幸好在场的人把它们嘘走。一个小孩笑了。

托瑞克跪下来，紧紧拥抱住小狼。他满心感恩地舔一下小狼的口鼻。小狼一定鼓起了好大的勇气才敢回应他的嗥叫。

当四周的骚动略微平息，托瑞克抬起头来。"只有小狼可以找到圣山，"他对芬·肯丁说，"是他一路引导我们前进的。如果没有他，我们也不可能找到'纳路亚克'。"

乌鸦族领袖伸手摸着自己深红色的胡须。

"把'纳路亚克'还我，"托瑞克央求说，"让我带去圣山。这是我们唯一的机会。"

柴火啪了一声，溅起火花。过重的积雪压垮了一棵邻近的云杉树。乌鸦族人屏息等待他们的领袖作出决定。

芬·肯丁终于开口："我们会帮你准备旅途所需的食物和衣服。你什么时候出发？"

托瑞克一时讲不出话来。

芮恩赶忙对他点一下头。

荷德立刻出声抗议，但芬·肯丁看了他一眼，他就乖乖闭嘴了。他又问了托瑞克一次："你何时出发？"

托瑞克吞了一下口水。"明天！"

第二十九节

明天，托瑞克和小狼将出发对抗恶熊，但托瑞克完全不知道自己究竟应该怎么做。

就算他们顺利抵达圣山，接下来呢？就把"纳路亚克"放在地上吗？请求"世界灵"摧毁那只熊？还是靠自己的力量去对抗熊？

"你需要新的靴子吗？还是把你的旧靴子补一下？"欧斯拉克的女伴忽然问道，她正在为他量身制作冬衣。

"什么？"他说。

"靴子。"妇人又重复一次。她的眼睛看起来很疲倦，两边的脸颊涂着灰色的河泥，而且好像很生他的气。他不懂为什么。

他说："我已经习惯原来的靴子。嗯，可以请你——"

"修补？"她粗声粗气地说，"这点事还难不倒我！"

"谢谢。"托瑞克卑微地说。他转头看着小狼，只见小狼正蜷缩在角落，耳朵整个往后贴。

欧斯拉克的女伴拿出一长条鹿腱，开始测量他的肩膀宽度。"应该刚刚好，"她喃喃说道，"好了，坐下，坐下！"

托瑞克乖乖坐下，看着她在测量的地方做记号。她的眼睛湿了，很快地眨了一下眼睛。她发现他在看，就喝道："有什么好看的？"

"没有啊，"他说，"我要脱衣服吗？"

"不必了，除非你想冻死。天亮前你就会有新衣服穿了。把靴子给我吧。"

他脱下靴子给她。她的眼神就好像看到了两只发臭的鲑鱼。"比渔网的洞还要多啊。"说着她就快步走出营帐，托瑞克也松了一口气。

她走后没多久，芮恩就进来了。小狼马上跑过去舔她的手指，她轻轻搔着他的耳后。

托瑞克想要谢谢她为自己挺身而出，却不知如何开口。于是，有好一会儿，两个人都没有讲话。

"你和薇德娜相处得怎么样？"芮恩突然说。

"薇德娜？欧斯拉克的女伴？我认为她不喜欢我。"

"不是这样。你的新衣服，原本是要做给她儿子穿的。现在却是为了你来缝制完成。"

"她的儿子？"

"被熊杀死了。"

"哦。"可怜的薇德娜，他心想。可怜的欧斯拉克。他这才明白他们脸上为什么要抹灰色的河泥，原来那是乌鸦族人的哀悼方式。

芮恩脸上的淤青已经发紫。他问她痛不痛。她摇摇头。他猜想，她一定很不耻她哥哥的所作所为。

"芬·肯丁呢？"他说，"他的脚伤势很严重吗？"

"很严重，伤及骨头。幸好没有发黑坏死的倾向。"

"那太好了，"他有点迟疑地问，"他——他有没有很生你的气？"

"有啊，不过那不是我到这里的原因。"

"那你为什么来？"

"明天，我会跟你们去。"

托瑞克咬了一下嘴唇。"我以为只有我和小狼。"

她瞪着他。"为什么？"

"我不知道，我就是这么以为。"

"真蠢。"

"或许，但就是这样。"

"你的语气跟芬·肯丁真像。"

"这就是原因。他不会答应。"

"他阻止得了我吗？"

他咧嘴一笑。

但她并没有咧嘴。她看起来非常慎重地走到营帐入口的火旁边。"你等一会儿要和他一起吃晚餐，"她说，"这是你的荣幸，顺便提醒你。"

托瑞克吓了一大跳。他真的很怕芬·肯丁，奇怪的是，他也很想得到他的认同。和他一起吃晚餐？压力未免太大了吧！"你也会在吗？"他问。

"不会。"

"哦。"

又是沉默。然后，她的口气变得比较温和，"如果你愿意的话，我会帮你看着小狼。最好不要让他单独和营里的猎犬碰到一块。"

"谢谢。"

她点点头。然后，她看到他的赤脚。"我去看看可不可以帮你找一双靴子。"

稍晚，托瑞克开始往芬·肯丁的营帐走去。芮恩帮他借来的靴子实在太大了，害他走起路来都快跌倒了。

他发现乌鸦族领袖正和莎恩在进行激烈的辩论，但一看到他来就不说了。莎恩看起来很凶，芬·肯丁却依然喜怒不形于色。

托瑞克双腿交叉地坐在鹿皮上。并没有看到食物，不过有很多人在主营火那边忙着做菜。他心想，不知道还要再过多久才能吃饭。还有，他们究竟找他来做什么？

"我已经把我的看法告诉你了。"莎恩说。

"没错。"芬·肯丁平淡地说。

他们完全没有要托瑞克加入谈话的意思，这反而让他可以自由端详芬·肯丁的营帐。这里并没有比其他营帐豪华，屋顶上悬挂着一般的狩猎工具，只是那把紫杉大弓的弦已断，白色鹿皮冬衣布满零星的干枯血迹：鲜明地提醒人们，这位乌鸦族的领袖曾经独自对抗恶熊，并且活了下来。

突然间，托瑞克发现有一个人在阴影中看着他。那个人有着棕色的头发，以及漆黑干扁的身形。

"这位是山兔族的，" 芬·肯丁说，"克鲁寇斯里克。"

那人紧握双拳放在自己的胸前，然后弯腰鞠躬。

托瑞克以同样的方式还礼。

"克鲁寇斯里克比任何人都熟悉高山区，" 芬·肯丁说，"出发前跟他聊聊。他会给你一些高山区的求生技巧。你被我们捉到的时候还真是狼狈，没有冬衣，没有水壶，也没有食物。我相信，你的爸爸可不是这样教你的。"

托瑞克捕捉到他的语气。"你果然认识我爸爸。"

莎恩的怒火又待发作，芬·肯丁却气定神闲地瞄她一眼。"是的，"他说，"我认识他。他曾经是我最好的朋友。"

莎恩生气地转过头去。

托瑞克发现自己也生气了。"既然你是他最好的朋友，为什么还要判我死刑？为什么还要我和荷德决斗？为什么还把我绑起来，召开氏族大会决定是否要把我送上祭坛？"

"唯有如此才能看出你的能耐，" 芬·肯丁不愠不火地说，"倘若你不能运用机智，那就是无用之人。"他略微停顿一下，"如果你没忘记的话，我并没有派人随时监视你，还让小狼和你绑在一起。"

托瑞克想了一下。"你是说，你其实是在考验我？"

芬·肯丁没有回答。

这时候，有两个人从主营火那边端了四个冒着蒸汽的桦木碗过来。

"吃吧。"克鲁寇斯里克递了一碗给托瑞克。

芬·肯丁丢给他一个牛角汤匙。托瑞克早就已经饿坏了，立刻把刚才的事抛到脑后。这道热汤有点稀，主要的材料是麋鹿蹄子和少许干燥的鹿心，加了一些花楸果和一种坚硬无味的树菇，氏族称之为野牛耳。还有一块烤过的橡果饼，吃起来有点苦，但是打碎以后放到汤里面吃的话，味道还不错。

"很抱歉菜色不佳，"芬·肯丁说，"只是猎物稀少。"这是他的话中唯一影射恶熊肆虐的三言两语。

不过，饥肠辘辘的托瑞克毫不在乎。直到他把碗底舔干净，才发现芬·肯丁和莎恩的汤几乎原封不动。莎恩把她的汤倒回锅子里，然后坐回原来的位置。克鲁寇斯里克把汤匙挂到自己的皮带上，就跪坐到营帐入口的小营火旁边，口中喃喃有词地念着谢祷文。

托瑞克从未见过和他同样装扮的人。他穿着一件厚重的棕色鹿皮大衣，一直垂到他的小腿，还系了一个很宽的红鹿皮带。他的氏族图腾是肩膀上的一圈兔毛，染成鲜红色，他的氏族刺青则是额头上的一条红色曲线；他的胸前挂着一个大约和手指等长的烟雾水晶。

他看到托瑞克在看他的水晶，就笑了一下。"烟雾是'火灵'呼吸的气息。山巅的氏族最崇拜的就是火。"

托瑞克想起当自己和芮恩在雪洞时，火带给他们的抚慰。"我完全了解。"他说。

克鲁寇斯里克的笑意更浓了。

晚餐过后，芬·肯丁要求其他人暂时回避，以便单独和托瑞克谈话。克鲁寇斯里克站起身来，鞠躬后离开。莎恩则很生气地哼一声，然后拂袖而去。

托瑞克心想，接下来不知道会发生什么事。

"莎恩，"芬·肯丁说，"认为你不应该知道这么多。她觉得这样只会让你分心，无法专心准备明天的旅程。"

"哪一方面的事情？"托瑞克问道。

"那要看你想知道多少。"

托瑞克想了一下。"我想知道全部。"

"不可能。再想其他问题。"

托瑞克扯掉自己裤套上的一根毛。"为什么是我？为什么我会是

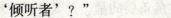

'倾听者'？"

芬·肯丁抚摸自己的胡须。"说来话长。"

"是因为我父亲吗？因为他是狼族的巫师？还是因为那个残废的浪人，那个把熊造出来的人？"

"这是一部分原因。"

"但他是谁？为什么他们会变成死敌？爸爸从来没有提过这个人。"

乌鸦族的领袖拿着一根棍子拨弄着营火，托瑞克看到他的嘴角露出一丝痛苦的线条。芬·肯丁头也不抬地说："你的父亲有没有跟你提过'食魂者'？"

托瑞克困惑地说："没有，从来没有听说过。"

"那你很可能是这座森林里唯一不知道的人，"芬·肯丁沉默了片刻，火光在他脸上照出阴影。"食魂者，"他继续说，"是七个巫师，分别来自不同的氏族。他们并非一开始就是坏人。他们协助自己的氏族，每个人都有独特的才能。一个精巧如蛇，整日钻研药草和巫医的知识；一个强壮如橡树，努力探究树木的心思；还有一个，她本人的心思就像蝙蝠一样灵动，喜欢魅惑小动物帮她做事；另一个很骄傲，喜欢探险，对厉鬼充满兴趣，总是试图控制他们；最后一个，据说可以召唤死者。"

他说到这里停了下来，托瑞克鼓起勇气问道："那只有五个，你不是说有七个？"

芬·肯丁装作没听到。"很多年以前，他们开始进行秘密聚会。刚开始，他们自称是'治疗者'。自欺欺人地认为他们只是想做善事，治疗生病的人，阻止厉鬼的侵扰。"他的嘴角露出一丝不屑，"没多久，他们愈来愈邪恶，开始想要争权夺利。"

托瑞克的手指紧握自己的膝盖。"他们为什么叫作食魂者？"他轻声地问，几乎没有移动嘴唇，"他们真的会吃灵魂吗？"

"谁知道？大家都很害怕，当恐惧侵袭人心，谣言就会变成真理。"他的脸色迷蒙起来，开始回想，"最重要的是，食魂者渴望权力。他们的生命目标就是要统治整座森林。以便驱策所有的生灵，满足一己的私利。然后，在十三年前，发生了一件事，粉碎了他们的权力。"

"什么？"托瑞克喃喃地说，"发生了什么事？"

芬·肯丁叹了口气。"你只需要知道，当时有一场大火，食魂者因此失散了。有的身受重伤，有的躲了起来。大家还以为从此风平浪静，没想到……"他把棍子折成两半，丢到火里，"你所说的那个残废浪人，那个造出恶熊的人就是其中一个食魂者。"

"他是一个食魂者？"

"我一听荷德的形容，就知道了。唯有食魂者可以困住这么强壮的厉鬼。"他看着托瑞克的眼睛，"你的父亲是他的敌人。他是所有食魂者的死敌。"

托瑞克无法避开那双深邃蓝眼的注视。"他从来没有告诉我。"

"他是有原因的。你的父亲，"他说，"你的父亲一生中做错了很多事。但他也尽了一切努力阻止食魂者，这就是他们要杀他的原因。这也是他要带你离群索居的原因，这样食魂者才不会发现你的存在。"

托瑞克盯着他。"**我？**为什么？"

芬·肯丁好像根本没听到，只是转过去看着火焰。"那真是太意外了，"他喃喃地说，"没有人想过他会有一个儿子，包括我。"

"可是莎恩知道。在五年前的海边氏族大会，爸爸告诉过她。她没有——"

"没有，"芬·肯丁说，"她从来没有告诉我。"

"我不懂，"托瑞克说，"为什么不能让食魂者知道我？我有什么不对劲吗？"

芬·肯丁端详着他的脸。"你没有不对劲。他们不能够知道你，因为……"他摇摇头，好像不知道从何说起，"因为有一天你可能会阻止他们。"

托瑞克惊得目瞪口呆。"**我?** 怎么可能?"

"我不知道。我只知道，如果他们知道了你的存在，就会来追杀你。"他的眼睛再度凝望着托瑞克的眼睛，"这就是莎恩不希望你知道的原因。但也正是我觉得你必须知道的原因。就算你活下来，如果你成功摧毁那只熊，事情也并没有因此结束。那些食魂者很快就会发现这件事，从而知道你的存在。然后，他们迟早会来对付你。"

柴火啪一声响。

托瑞克跳了起来。"你是说，就算我明天活下来了，我还是必须一辈子逃亡?"

"我没有这样说。你可以逃亡，也可以战斗。这永远都是一个选择。"

托瑞克抬头看着那件沾满血迹的大衣。荷德说得没错：这场战争应该是男人去打的，不是小男孩。"为什么爸爸从来没有跟我说这些?"他说。

"你的父亲自然有他的原因，" 芬·肯丁说，"他确实做了一些坏事，一些我永远无法原谅的事。但是对你，我认为他做对了。"

托瑞克一时无法言语。

"问问你自己，托瑞克。为什么预言说的是'倾听者'? 为什么不是'言说者'或'观看者'?"

托瑞克摇摇头。

"因为身为一个狩猎者，最重要的特质就是学会倾听，必须去听懂风和树想告诉你什么，必须去听懂其他狩猎者和猎物诉说了什么。这就是你父亲赐给你的礼物。他并没有教你巫术，也没有告诉你氏族的故事。他只教你狩猎，运用你的机智。"他停顿了一下，"如果你

明天能够成功，那一定是以智取胜。要运用你的机智。"

已经过了午夜，托瑞克仍坐在空地的主营火旁边，盯着高山群岭的幽暗深处。

他孤零零一个人。小狼又跑出去进行他的夜间狩猎了。营区里唯一的生命迹象就是沉默守夜的乌鸦族卫兵，以及欧斯拉克营帐传来的轰然打鼾声。

托瑞克很想叫醒芮恩，把一切都告诉她。但他不知道她是不是已经熟睡。而且，他也不确定自己是否真的有勇气把自己父亲的事告诉她，芬·肯丁说爸爸做了很多坏事。

"就算你活下来，事情并没有因此结束……那些食魂者将会追杀你……你可以逃亡，也可以战斗。这永远都是一个选择……"

他的脑海旋然闪过许多恐怖的景象，就像一场暴风雪。那只熊残暴嗜血的眼睛、食魂者、像噩梦般若隐若现的阴影、爸爸垂死的脸庞。

为了赶走这些景象，他站起身，开始来回走着。他强迫自己去思考。

他不知道明天究竟要怎么做，但他知道芬·肯丁说得对。如果他会赢，一定是以智取胜。他必须先自助，"世界灵"才能帮助他。

他在心中复习着预言的话。**倾听者以气战斗，以沉默言语……倾听者以气战斗……**

灵感乍现，他开始有一个想法。

第三十节

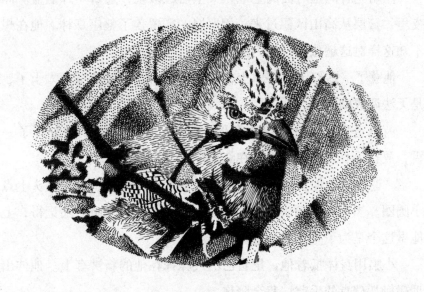

托瑞克的手指颤抖得很厉害，几乎无法把药罐的木塞拿开。

为什么他要等到最后一刻才想起来？现在，小狼在营帐外不安地走来走去，乌鸦族的人也都等着送他出发，他却还是无法打开药罐的木塞。

"要我帮忙吗？"芮恩站在门口说。她的脸色苍白，眼睛浮肿。

托瑞克把药罐递给她，她用牙齿打开了黑色的橡木塞。"你要做什么？"她把药罐递给他的时候问。

"死亡印记。"他头也不抬地说。

她轻声惊呼："就像冰河的那个人。"

他点点头。

"但他知道必死无疑，你却可能活下来啊。"

"谁知道。我不想冒着灵魂流离失所的险。我不想冒着沦为厉鬼的险。"

她走过去抚摸小狼。"你说得对。"

托瑞克看向她后面的空地，天空已经破晓，透着一片湛蓝。昨天夜里，云层从高山区飘过来，用厚厚的雪覆盖了整座森林。他在想，不知这样对这趟旅程是助力还是阻力？

他蘸了一些红土在手掌上，吐了点口水。但他的嘴巴太干了，还是无法调成糊状。

芮恩走过来，吐了口水在他手掌里。然后她跑到户外抓了一把雪，放在手心弄暖，然后加在红土泥中。

"谢谢，"他说。然后，他颤抖着手在脚跟、胸骨和额头上点画小圆圈。当他画完额头上的圆圈时，不禁闭上了眼睛。还记得，上次他做这个是为了垂死的爸爸。

小狼用身体抵着他，把自己的气味抹在他的新裤套上。他伸出前爪碰触托瑞克的手臂。**我会陪你。**

托瑞克弯下腰，用鼻子碰触他的口鼻。我知道。

"拿去，"芮恩说着把乌鸦袋递给他，"我又加了一些苦艾草，我请教过莎恩。这个面具魔咒应该会有用的。这样熊就不会感应到‘纳路亚克’。"

托瑞克把乌鸦袋绑到他的腰带上。同时，他感觉皮肤上的死亡印记已经慢慢干了。

"最好也把这个带着。"芮恩递给他一小捆桦树纤维。

"这是什么？"

她看起来很惊讶。"不是你要我准备的吗？我整晚没睡，连夜赶工做出来的！"

真是昏头了，竟然连这个也忘了。如果忘了带的话，那他的计策不就功亏一篑了？

"我在里面还放了一些净化的药草。"芮恩说。

"为什么？"

"嗯，万———如果你杀了那只熊，你就会变得不洁。我是说，不管怎么说，它还是一个狩猎者，是这个森林里的其他猎者，就算被厉鬼附身了。所以，到时候你必须净化自己。"

真不愧是芮恩，总是设想得如此周到。令人安慰的是，她真的相信他会有胜算。

小狼发出不耐烦的呜咽声，托瑞克深呼吸一口气。该出发了。

当他们穿过空地的时候，托瑞克才想到他竟把药罐忘在营帐里了，于是匆匆跑回去拿。当他出来的时候，用颤抖的手打开药袋，正准备把药罐放进去，却失手掉落。

芬·肯丁适时接住。

这位乌鸦族的领袖挂着拐杖。当他仔细端详着手里的药罐，顿时脸色苍白。"这是你母亲的。"他说。

托瑞克有点纳闷。"你怎么知道？"

芬·肯丁没有回答，只是把药罐递回去。"不要再弄丢了。"

托瑞克把罐子放进药袋里。刚才这句话听起来有点怪，因为他现在要去慷慨就义。当他转身要走时，芬·肯丁叫住了他。"托瑞

克——"

"是？"

"如果你活下来，这里永远欢迎你。如果你愿意的话。"

托瑞克惊讶地说不出话来。等他回过神来，乌鸦族的领袖已经移步离开，依然带着深不可测的表情。

当托瑞克踩着积雪，嘎吱作响地往乌鸦族人聚集处走去，高山群岭泛着金色的光圈。欧斯拉克递给他睡袋、水壶，芮恩则递给他斧头、箭和弓。令人意外的是，荷德竟然帮他把背包拿来了。他的形容枯槁，但似乎已经接受了事实，承认寻找圣山并不是他所能做到的。

莎恩对着托瑞克和小狼作出一些手势。"愿守护灵与你同飞。"

"还有同奔。"芮恩说，努力挤出一丝微笑。

托瑞克匆匆对她点了一下头。他现在一心只想上路。

乌鸦族人默默地目送他踏上积雪的道路。小狼跟在他后面小步跑。

他没有回头。

森林一片寂静，但小狼在前面带路时显得非常急切而无所畏惧。托瑞克拖着沉重的脚步跟在后面，随着他的呼吸，空气里散发一阵阵雾气。天气真的很冷，多亏了薇德娜，他一点儿都不感到寒冷。前一天晚上她趁他睡着的时候把新的衣物摆到营帐里。一件红鹿皮夹心，内里有柔软的毛贴在胸前；还有一件有帽子的大衣，和暖冬鹿皮做的裤套；兔毛做的连指手套，连着一条皮带整个绕上来包住袖子；还有他的旧靴子，原本破洞的部分已经缝上厚厚的鹿皮补丁，边缘部分还有松貂皮毛，鞋底的边缘还加了狗鲨皮制成的条纹，以便增加着力点。

薇德娜甚至把他旧上衣里的氏族标记拆下来，重新缝到了他的新大衣上。那圈狼毛尽管已经破旧不堪，对他来说却是珍贵无比的，因为那是爸爸为他准备的。

小狼突然转弯，像是在探测什么，托瑞克立刻提高警惕。一只松鼠的踪迹：很小，大概只有手掌大。托瑞克跟着踪迹走，小松鼠应该是小小步穿过覆雪的杜松树丛，然后变成受到惊吓的大步跳跃，最后消失在一棵松树前。

托瑞克拉下大衣的帽子，看着四周。

森林出奇的安静。那惊吓松鼠的东西已经走了。但托瑞克很气自己，他应该比小狼更早发现这些踪迹才对。他要保持警觉。

一只松鸦跟着他们，从一棵树跳到另一棵树。太阳在晴朗的天空升起来。没多久，降下的新雪已经深及托瑞克的膝盖，他吃力地走着。他出发前舍弃了雪鞋，穿雪鞋会比较好走，但在必要时跑不快。

小狼前进得很顺利，他狭窄的胸骨要穿过雪地就像独木舟滑过水面一样顺畅。等早晨过了一半，连小狼也开始觉得疲累。地势缓缓隆起，就像克鲁寇斯里克所言。当托瑞克昨夜叫醒他时，他说："我的祖父曾经接近过高山区，接近到他甚至可以感觉到高山。从这里，你顺着溪流北上，地势会逐渐隆起，直到你走到高山的树荫中。到中午的时候，你会到达沟壑入口，那里有一棵遭受雷击的云杉树，沟壑很陡峭，无法攀爬，但在西边的岩壁上会有一条紧贴的路径。"

"是怎样的路径？"托瑞克当时问，"谁造出来的？"

"没有人知道。你就顺着走。那棵遭受雷击的云杉树，它有保护的力量。它会守护路径不受邪灵所侵。它应该也会保护你。"

"然后呢？接着要往哪里走？"

克鲁寇斯里克两手一摊。"你就顺着路径走。一直走到沟壑的尽头，就是圣山了。"

"要走多远？"

"没有人知道。我的祖父走到一半就被'世界灵'阻挡了。'世界灵'总是阻挡人们的进入。或许你会是例外。"

或许，托瑞克心想，颠簸地踏着厚厚的积雪前进。

如果他的计划成功——如果"世界灵"回答了他的祈求——厉鬼附身的恶熊就会被摧毁，森林就会得救。否则，无论是他，或森林，都将自此万劫不复。

在他的前方，小狼抬起头，嗅着空中的气味。他的背脊隆起。他感应到了什么。

再走几步，托瑞克发现，和他肩膀等高的树枝积雪都被扫掉了。然后，他发现一棵杜松树幼苗的嫩枝被咬掉了一些。"红鹿。"他喃喃说道。

他通过一些杂乱的踪迹确认了这个推断。从这些脚印来看，应该只有一头鹿，或许是公鹿，它的前脚不像后脚抬得那么高，托瑞克在雪地上看到拖拽的痕迹。

但若这只是一头鹿，小狼何以会如此警觉。

托瑞克环顾四周，感觉到整座森林都在屏息以待。

熊在雪地上的踪迹顿时映入眼帘。

他先前并未发现，因为脚印之间的距离实在太大。现在，他整理出公鹿慌张跳上斜坡的迹象，还有熊紧追在后的踪迹。它单次跳跃的宽度大到吓人。

托瑞克努力想让自己冷静下来，仔细研究路径。那只熊在奔驰，因为脚印的顺序是倒转的，宛如人的后脚印在前，而较宽的前脚印在后。每个脚印都是托瑞克头的三倍大。

脚印还很新，他心想，但边缘已经有点变钝。虽然在大太阳底下这不需要花多久的时间……

小狼跳上那些脚印，似乎迫切地想印上自己的脚印。

托瑞克更加慢下脚步跟着。每一棵树和圆石仿佛都变成了熊的形状。

当他们挥汗爬上斜坡，小狼变得愈来愈亢奋：总是先飞奔到前面，然后再回过头来找托瑞克，用轻轻的呜咽声央求他快一点儿。或许他们终于接近圣山了。或许因此小狼并不害怕，反而很热切。

托瑞克但愿他可以像小狼这么有精神，但他所能感觉到的只有腰上沉重的"纳路亚克"，以及那只熊所造成的威胁。

远处传来一声划破森林的咆哮。

那只一路尾随的松鸦突然呱的一声飞走了。

托瑞克紧握住自己的刀，握到自己的手发疼。它有多近？在哪里？他无从分辨。

狼还在等他跟上来，背脊隆起，但尾巴抬得很高。他的意思很清楚：**还没有**。

托瑞克在举步维艰的同时突然想到，那只熊被附身后它原本的灵魂呢？毕竟，就像芮恩所说的，它仍然是一只熊；它一定曾经狩猎过鲑鱼，也采集过莓果，并且在寒冬里休眠。这些灵魂仍然在它的身体里吗？和那只厉鬼在一起吗？被困住了，万般惊恐？

他绕过一块圆石，眼前就是那棵遭雷击过的云杉树。

他顿时心生胆怯。

在他之上，高山群岭直达云霄，白得令人无法逼视。横越其间的沟壑像利刃划过。沟壑不断往前蜿蜒到山区，尽头是深不可测的云端。西边有一条紧贴的狭长小径，从托瑞克所在的地方往上延伸。是谁造出了这条路？为了什么目的？又是谁胆敢踏上这条路，冒险前往那个充满圣灵的地方？

突然间，沟壑尽头的云层散开，托瑞克看到了它的面貌。超乎想象的高耸，刺透天顶，那就是"世界灵"所栖息的圣山。

托瑞克闭上眼睛，却仍可以感觉到"世界灵"的压力，让他不禁跪了下来。他可以感觉到他的愤怒。食魂者从异世界召唤了一只厉鬼，放任恶魔在森林里肆虐，他们破坏了约定。氏族当中竟有如此腐败邪恶之徒，凭什么请求"世界灵"帮助他们？

托瑞克弯下头来，他无法再往前走，他不属于这里。此处是神灵的圣殿，不是凡人来的地方。

当他张开眼睛，圣山再度隐蔽，藏身在云层后方。

托瑞克坐倒在地。我办不到，他心想。我不能到圣山去。

狼坐在他的前面，一双泪滴般的眼睛清澈如水。**你可以办到的，我陪你。**

托瑞克摇摇头。

小狼直视着他的眼睛。

托瑞克想到芮恩、芬·肯丁和乌鸦族人，以及他素未谋面甚或没听过的其他氏族。他想到森林里无数的生灵。他想到爸爸，不是躺在营帐废墟里垂死的爸爸，而是熊攻击前一刻的爸爸，笑着听托瑞克说笑的爸爸。

悲伤的情绪顿时充满胸膛。他拔出鞘中的刀，脱掉手套，碰触冰冷的蓝色刀身。"你不能临阵退缩！"他大声说，"你发过誓的，对爸爸。"

他卸下弓箭，放在树脚边，还有背包、睡袋、水壶和斧头。他不会用到那些，只需要带着刀和乌鸦袋中的"纳路亚克"，以及芮恩在他药袋里准备的那小捆桦树纤维。

他回头对森林望了最后一眼，就跟在小狼后面，走上了小径。

第三十一节

托瑞克一走上小径，就忽然变得很冷。鼻子呼出的气冻结在空中，他的眼睫毛都粘在一起。神灵在警告他快回去。

他脚下的冰一下子就被踩碎，掉落到沟壑中。小狼柔软的爪子走起来却悄然无声。他转过来，耐心地等托瑞克跟上去，他的口鼻很放松，尾巴微微摇动，看来似乎很高兴来这里。

托瑞克喘着气跟上小狼。小径很窄，他们只能并排走着。托瑞克往下看，马上就后悔了。才没走多久，沟壑底下看来已经很深。

他们愈爬愈高。阳光照在沟壑的另一边，光线非常刺眼。结冰的地面变得很滑。托瑞克走得太靠近小径的边缘，脚下的冰立刻碎裂，他差一点跌落深渊。

大约走了四十步，小径在一块突出的石檐底下略微开阔起来。虽然它的深度仍然不足以构成一个洞穴，顶多只是一个坑洞，露出沟壑侧边的黑色玄武岩。这让托瑞克的士气大振，他一直希望能有些遮蔽。在必要时，这对他的计划也可以派得上用场……

在他旁边，小狼忽然紧张起来。

他的眼睛看着沟壑底下，耳朵往前伸展，背部的每一根毛都竖了起来。

托瑞克顺着他的眼睛望去，没什么。只有黑色的树干。白雪覆盖的圆石。他有点困惑，转过头准备要走。就在这时，熊突然出现了，这点倒是很像正常的熊，它们总是出其不意地出现。起先只是沟壑底下的一个动作，然后，熊就在那边。

即使从这个距离看来，约在托瑞克底下的五六十步之外，那只熊已然是庞大无比。他看到它转身走下沟壑，往森林的方向去了。

现在他必须做一件不可思议的事情。他必须把它引回来。

只有一个方法。他脱掉手套，摩擦生热，然后取下装有"纳路亚克"的乌鸦袋，解开上面的发结，打开了花楸皮制的盒子，只见"纳路亚克"往上瞪视着他。河眼、石牙，以及石灯。

小狼发出低声的哀鸣与吠叫。

托瑞克舔了一下自己干燥的嘴唇。他从药袋里拿出了芮恩特地准备的一小捆桦树纤维。他在自己的大衣颈部塞了一些净化药草和桦树纤维，然后低头看着芮恩连夜为他制作的东西：一个草编的袋子，编织得非常细密，甚至可以装得住河眼，同时却可以让"纳路亚克"的光透出来；这种光芒并非托瑞克的肉眼所能看到，熊却可以看到。

他小心翼翼不去徒手碰到"纳路亚克"，他把石灯、石牙和河眼都倒到草袋里。然后，他把袋口拉上，再把长长的背带挂在颈上。于是，他大咧咧地把"纳路亚克"挂在胸前，毫无遮蔽。

狼的眼睛反射出一丝金黄色的微光：那是"纳路亚克"的光芒。如果小狼可以看到，那只厉鬼也可以看到。这正是托瑞克的计策。

他转头面对熊的方向。只见它在沟壑底下，正在厚厚的积雪中困难地走着。

"在这里，"他压低声音，以免触怒"世界灵"，"这就是你要的东西，你最痛恨的闪亮灵魂中的最闪亮者——你想要一举摧毁的东西。快来拿啊。"

熊停住了。庞然身躯像漩涡般转过来，那颗巨大的头转了过来。熊开始往托瑞克的方向走来。

他心中升起一阵狂喜。就是这只熊魔杀了爸爸。从那时开始，他就展开逃亡的生涯。现在，他再也不想逃亡。他要正面迎敌。

它的速度比托瑞克想得更快。没多久已经近在咫尺。它用后腿站立起来。托瑞克虽尚在距离五十步远的上方，仍然可以看得非常清楚，仿佛一伸手就可以碰到。

它抬起头来，刚好碰到托瑞克的眼睛。他瞬间忘了神灵，忘了对爸爸的誓言。仿佛他现在不是站在冰冻的山路上，而是回到了森林里。从营帐废墟里传来爸爸的呼声。**快跑啊，托瑞克。**

他动弹不得。他很想转身就跑，赶快往石檐那边过去，他知道应该这么做，却像被定住似的。厉鬼正在吞噬他的意志，不断地把他往下拉……

小狼情急地大声吠叫。

托瑞克顿时甩开邪灵的诱惑，跌跌撞撞往上爬。望着那对邪恶的眼睛感觉就好像直视太阳，那绿色眼眶的映像持续冲击他的内心。

他听到冰裂声，那是熊开始伸出爪子从沟壑边攀岩而上。他想，它身手如此矫健，一定爬得毫不费力。他必须赶快到石檐那边，否则必死无疑。

小狼爬上了斜坡。托瑞克跌了一跤，摔倒在地。他挣扎起身，瞥见后面的熊已经爬了三分之一。

他拔腿就跑。到了石檐那边，立刻躲进了那个小小的岩坑中，弯着身子，努力呼吸。接下来就是计划的第二部分：祈求神灵的协助。

他强迫自己挺起上身，吸了一大口气，把头往后仰，然后开始嗥叫。

小狼也呼应着他的嗥叫，他们刺耳的呼声响彻山谷——来来回回，来来回回地在高山群岭间回荡。"世界灵"，托瑞克嗥叫着，**"我给你带来了'纳路亚克'！请帮助我吧！请赐下你的力量，消灭厉鬼，保护森林吧！"**

他听到沟壑下方的熊愈来愈接近……碎冰掉落到山谷中。

他继续嗥叫着，直到胸骨发痛。**"'世界灵'，请凝听我的祈求……"**

没有回应。

托瑞克停止嗥叫。恐惧袭上心头。"世界灵"并没有回答他的祈求。熊却步步逼近。

注意你的背后，托瑞克。

他一转身，只见荷德正拿着斧头向他扫过来。

第三十二节

托瑞克赶紧跳开，斧头从他的耳边扫过，削下了他先前所站地面的冰。

荷德把斧头拔出地面。**"把'纳路亚克'给我！"**他叫道，"我必须把它送到圣山！"

"走开！"托瑞克说。

这时候，从沟壑的边缘传来磨冰的声音。那只熊已经快到了。

荷德憔悴的脸庞因为痛苦而扭曲。托瑞克实在很难想象他竟可以在厉鬼横行的森林中一路追踪，甚至甘冒受到神灵天谴的危险，跑到这条通往圣山的小径。"把'纳路亚克'给我！"荷德又说了一次。

小狼的全身都在咆哮，步步向他靠近。他已经不再是一只小狼，而是一只凶猛的年轻成狼，誓死保卫他的狼兄弟。

荷德不理它。"我一定要拿。这一切都是我的错！必须由我来结束这一切！"

突然间，托瑞克懂了。"原来是你，"他说，"熊被造出来的时候，你在场。你和红鹿族在一起，你帮助了那个残废的食魂者困住了一只厉鬼。"

"我当时并不知道！"荷德极力辩解，"他说他需要一只熊——我捉了一只小熊。我真的不知道他会做出这样的事。"

一瞬间，同时发生了许多事。荷德往托瑞克的颈部挥出斧头。托瑞克闪过。小狼扑向荷德，开口咬住他的手腕。荷德怒吼一声，丢下斧头，但伸出另一只手猛力击向小狼毫无抵抗的颈部。

"不要！"托瑞克情急叫道，拔出刀子，扑向荷德。荷德一把抓住小狼的颈部就往玄武岩壁丢过去，旋即转过身来抢夺托瑞克挂在脖子上的"纳路亚克"。

托瑞克及时躲开。荷德把他的脚抓住，把他往后丢到结冰的地面。当托瑞克被拉下来时，他赶紧扯下脖子上的草袋，往小径前方一丢，以免荷德拿到。小狼摇晃一下身子，纵身跳过去，在半空中接住草袋，随即落在小径边缘，险些跌落深谷。

234

"小狼！"托瑞克叫道，这时候，荷德已经整个人跨坐在他的胸口，把他压在地上动弹不得。

小狼的后脚在小径边缘乱抓了一阵。就在他后方不远处，传来了一阵恐怖的咆哮。然后，黑色的熊爪划过空中，只差了一丁点儿就碰到小狼的脚掌……

小狼奋力把自己的身体提上来，重新回到小径上。然后，有史以来第一次，他决定归还托瑞克丢出来的东西，于是抓着"纳路亚克"往托瑞克这边跑来。

荷德转过身抢夺草袋。托瑞克努力挣脱一只手，把荷德的手臂推开。只可惜他拿刀的手臂被压在荷德的膝盖底下……

一声鬼怪般的咆哮声撼动了沟壑。托瑞克在惊恐中看到那只熊已然出现在小径的边缘。

就在这最后一刻，当那只熊朝他们扑来，当小狼把"纳路亚克"抓在前爪的瞬间，在那最后关头，当托瑞克拼死力战荷德，他突然间领悟到那则预言的真谛。**"倾听者将他心的血奉献给圣山。"**

他心的血。

是小狼。

不要！他在心里喊着。

但他知道这是唯一的出路。于是，他放声对小狼大吼："快拿到圣山去！嗷呜！嗷呜！嗷呜！"

小狼那金黄色的视线与他四目交接。

"嗷呜！"托瑞克觉得眼睛刺痛。

小狼转身朝通往圣山的小径飞奔而去。

荷德发出怒吼，急忙往小狼的后面追过去，却绊倒了，整个人往后倒下去。他尖叫着倒入熊的怀抱。

托瑞克努力要站起身来，荷德还在尖叫，托瑞克必须设法帮助他……

从遥远的高处传来一阵震耳欲聋的爆破声。

小径在剧烈摇晃。托瑞克整个人被晃倒在地。

爆裂声持续加剧,直到变成轰隆的摩擦巨响。他赶忙跳到石檐底下。几乎就是下一秒,那喧嚣、狂暴而致命的雪崩已然从天而降,淹没了荷德,淹没了那只熊,将他们一起轰然送上了死亡之旅。

"世界灵"果然听见了托瑞克的祈求。

在雪崩之前,托瑞克眼里最后看到的是小狼,只见他的前爪依然紧抓着"纳路亚克",在轰然纷飞的白雪中,往圣山飞奔而去。"小狼!"他放声呼唤。然后,整个世界变为一片苍白。

托瑞克不知道自己蜷缩在石檐之下有多久,他始终紧闭着双眼。

终于,他发现整个轰然的声响只剩下回音。慢慢的,回音也愈来愈微弱。"世界灵"转身慢慢回到圣山。

他的脚步声消失在白雪的嘶嘶声里……

接着一阵低喃……

继而沉默。

托瑞克睁开眼睛。

他的视线可以望穿沟壑。他并没有被活埋。"世界灵"已经离开石檐,恩准他活下去。可是,小狼呢?

他站起身来,蹒跚走到小径边缘,他看到圣山弥漫在白雪的苍茫里。在他的旁边,沟壑已然消失在一片凌乱的冰块和岩石之中。荷德和那只熊同埋在此。

荷德付出了生命的代价。那只熊已经成为一个空壳子,因为"世界灵"已经把厉鬼赶回到异世界。或许熊原本的灵魂终于得以安息。

托瑞克已经信守了他对爸爸的誓言。他已经把"纳路亚克"献给"世界灵",而神灵也已经摧毁了熊。

这些他都知道,却感到如此麻木。他此刻所能感觉到的,只有胸口的痛楚。小狼在哪里?他是否安然躲过雪崩,顺利抵达圣山?还是，连他也被活埋在冰堆里？

"求求你，一定要活着，"托瑞克喃喃说，"求求你。除此之外，我别无所求。"

微风吹过他的发梢，但没有带来回答。

这时候，一只年轻的乌鸦飞过圣山，呱呱地叫着，享受飞翔的欢愉。从东方，传来一阵鹿蹄的声音。托瑞克知道它所代表的意义，那是驯鹿群从荒野走下来的声音。这座森林复活了。

一转身，他看到往南边的路并未受阻。只要顺着这条道路，他就可以回去找芮恩和芬·肯丁，以及乌鸦族的人。

这时候，从北方，从那阻断北上小径的冰流之上，从那遮蔽"世界灵"圣山的云层后方，传来了一声狼嗥。

那并不是一只小狼晃动和高亢的嗥叫声，而是一只年轻成狼纯粹而动人心弦的歌唱。然而，那毫无疑问就是托瑞克最想念的小狼。

托瑞克胸中的痛楚顿时一扫而空。

当他倾听着小狼歌唱的旋律，又有更多的狼声加入，狼群的歌声此起彼落，高低起伏，但从未淹没托瑞克心目中挚爱的那个声音。原来，小狼并不孤独。

泪水模糊了托瑞克的双眼。他懂，小狼是在向他道别，他不会回来了。

嗥叫声停了。托瑞克垂头丧气。"至少他还活着，"他大声地说，"这才是最重要的。他还活着。"

他很想以嗥叫回应小狼，告诉小狼这不是永远，总有一天，他会设法和小狼团聚。但他不知道要怎么说，因为，在狼的语言中，没有未来。

于是，他决定用自己的话说。他知道小狼听不懂，但他也知道这个承诺与其说是为了小狼，不如说是为了他自己。

"总有一天，"他呼喊的声音在空气中回荡，"总有一天我们会团聚。我们会一起在森林里狩猎。一起——"他的声音哽咽了，"我

承诺，我的兄弟，小狼。"

没有回答。但托瑞克原本就不期待会有回答，他只是要作出承诺。

他捧了一些雪抹在发烫的脸上。感觉很好。他又捧了一些雪，擦掉额头上的死亡印记。

然后，他转身，开始往森林走去。

作者的话

如果你真的可以回到托瑞克的世界，你会发现它是如此熟悉，但又如此陌生。你将会回到六千年前，当时的西北欧依然是浓密的森林。冰河时期早在好几千年前结束，长毛象和剑齿虎已经绝种；而尽管大部分的树木、植物和动物都和现在差不多，但森林里的野马会显得粗壮一些，当你第一眼看到当时的野牛，可能会大吃一惊：真是庞然大物，头上的牛角向前伸展，肩膀距离地面的高度大约有六尺。

托瑞克世界里的人看起来和你我并没有两样，只是他们的生活方式和我们完全不同。狩猎及采集者住在小氏族里，并且大部分的人总是到处迁徙，有时候甚至在一个扎营处只停留几天，就像来自狼族的托瑞克和他父亲；有时候则会待上一个月或一季的时间，像乌鸦族和野猪族。他们还不知道农耕，他们也还没有文字、金属或轮子，他们并不需要这些东西；他们是卓越的求生者，他们对森林里的动物、树木、植物和岩石都了如指掌。不管需要什么，他们都知道要去哪里找，或如何制作。

我从考古学的研究里学到很多这方面的事情，也就是说，通过这些氏族在森林里遗留下来的武器、食物、衣服、营帐等等痕迹学习，但这并不是全部。他们是怎么思考的？他们对生命和死亡的信仰是什么？他们如何理解自己是从哪里来的？为了想象这些，我参考了一些比较晚近的狩猎及采集者，比如美洲原住民的部落、因纽特族（爱斯基摩人）、南非的闪族，以及日本的爱努族。

尽管如此，我们还是无法确定，实际上住在森林里会有怎样的感觉。云杉树脂尝起来味道如何？或是驯鹿的心脏？熏鹿肉？睡在乌鸦族半开放式的营帐中又是什么感觉？

很幸运的是，这些体验并非完全不可能，因为有一部分的森林还在，我去过。有时候，只需要三秒钟的时间，时空立刻回到了六千年前。如果你听到红鹿在半夜吼叫，或是发现自己的脚印上叠着狼的踪迹，如果你突然间必须设法说服一只熊：你并不是威胁，也不是它的猎物……你马上就会置身托瑞克的世界。

最后，我想感谢一些人的协助。我要感谢我在芬兰的向导乔马·佩托莎米，谢谢他引领我进入芬兰北部的森林，让我试吹桦树皮制的号角，教我怎么用一片闷烧的蘑菇来携带火苗，还有许多狩猎技巧和森林求生秘诀。我也要感谢德瑞克·寇理先生，伦敦塔"纽曼乌鸦王"计划的负责人，介绍我认识了好几只威严的乌鸦。关于对狼的认识，我则必须归功于大卫·枚区、麦可·福克斯、路易斯·克里斯勒和舒恩·埃里斯等人的作品。最后，我要感谢我的经纪人彼得·卡克思和我的编辑费欧娜·肯尼迪，以及把此书引进中国大陆的版权经纪人周长遐，谢谢他们一路的支持与热心。

米雪儿·佩弗